잘못된 만찬

LE DÎNER DE TROP
by Ismaïl Kadaré

Copyright © Librairie Arthème Fayard, 2009
Korean Translation Copyright © Munhakdongne Publishing Corp., 2019

This Korean edition was published by arrangement with
Librairie Arthème Fayard through The Wylie Agency (UK) Ltd.
All rights reserved.

이 도서의 국립중앙도서관 출판예정도서목록(CIP)은
서지정보유통지원시스템 홈페이지(http://seoji.nl.go.kr)와
국가자료공동목록시스템(http://www.nl.go.kr/kolisnet)에서 이용하실 수 있습니다.
(CIP제어번호: CIP2019040449)

잘못된 만찬

LE DÎNER DE TROP

ISMAÏL KADARÉ

이스마일 카다레
장편소설

백선희
옮김

문학동네

차례

1장

대人구라메토 박사와 소小구라메토 박사 사이에 서로 시기하는 기색은 조금도 보이지 않았다. 두 사람이 이름은 같아도 친척 관계는 전혀 아니어서 의학이 아니었더라면 둘의 운명이 마주쳤을 리 만무했고, 아마 그들이 바라지도 않았겠지만 두 사람을 대번에 맞세우는 '대'와 '소'라는 별칭도 붙지 않았을 것이다.

하지만 눈에 보이지 않는 어떤 손이 술수를 부려 이 도시의 최고 외과의사인 두 사람을 떨어지려야 떨어질 수 없게 만든 것만 같았다. 게다가 그게 다가 아니었다. 보이지 않는 그 손이 이 이야기 속에 비밀스러운 조화를 조금씩 흘려넣어, 두 사람 사이의 일들이 늘 그래왔던 모습에서 달라질 수는 없으리라 생각하게 만들었던 것 같다.

대구라메토 박사는 소구라메토 박사보다 더 위엄 있고 나이도 더 많았고, 또한 소구라메토 박사가 공부한 이탈리아보다 명백히 훨씬 크고 위엄 있는 독일에서 공부한 사람이었다. 둘의 경쟁 관계가 아직 겉으로 드러나진 않았지만 모두들 그것이 은밀하게 도사리고 있으며, 이 도시에 한 번도 없었던 의사들 사이의 무시무시한 경쟁이 언젠가는 결국 피할 길 없이 백일하에, 그것도 전례없이 요란하게 폭발하리라고 믿었다.

  어쨌든, 앞으로 닥칠 사건이 무엇이든 간에 두 의사는, 더 정확히 말해 그 사건과 두 의사 사이에 형성되는 관계는 누구라도 감지할 만한 것이 되었다. 그건 아마도 이 도시 주민들이 다른 어떤 직무보다 특히 두 사람의 직무에 관해서는 능력이 대등할 수 있다는 사실을 받아들이지 못하고 누가 최고인지 판가름나기를 기대했기 때문일 것이다. 지금까지는 대구라메토 박사가 매번 승리했다. 이런 경우에 승자라는 말을 붙이는 것도, 상대에게 패자라는 말을 붙이는 것도 지나쳐 보이긴 했지만.

  사 년 전, 어떤 이들은 알바니아가 이탈리아에 침략당했다고 말하고 또 어떤 이들은 병합이라고 부른 사건이 일어났을 때, 그 사건은 두 사람 사이의 균형을 바로잡기 위해, 더 정확히 말하자면 균형을 뒤집어 소구라메토 박사의 입지를 대구라메토 박사보다 결정적으로 격상하거나 격하하기 위해 누군가 의도적으로 일으킨 것처럼 보였다. 그런 상황은 꽤 오랫동안 계속되었다. 어느 날은 소구라메토가 패배했다 싶으면 다음날은 그 반대였다. 늘 그렇듯이 소구라메토는 겉보기에 아무 변화가 없었으나 대구라메토 박사는 화를 참는 모습이 역력했다. 이 불같은 성미는 그의 근엄한 표정을 한층 더 두드러지게 했고, 갖은 논평의 표적이 되었다. 가장 최근 논평은 어떤 풍자 잡지가 내놓은 것으로, 동무인 베니토 무솔리니가 예고 없이 알바니아를 침공했을 때 아돌프 히틀러가 드러낸 분노에 슬쩍 빗댄 것이었다.

초기 몇 주간의 혼전 끝에 이 사건으로 결국 대구라메토 박사의 입지만 더욱 공고해졌다. 이를 역설이라고 보는 사람도 있고, 순리라고 생각하는 사람도 있었는데 순리라고 보는 이유는 이탈리아의 개입이 있고, 무솔리니와 히틀러가 다투어도 독일은 여전히 대동맹국이었기 때문이다. 이 동맹국 없이는 소구라메토 박사의 이탈리아도 길 잃은 고아 꼴이었다.

*

바로 그런 일이 그해 가을에 일어났다. 이탈리아는 갑작스레 항복하면서 동맹국을 잃게 된 것이다. 아득한 옛날부터 세상은 숱한 동맹의 결렬을 경험해왔지만 이탈리아가 겪은 동맹 결렬은 전례를 찾아보기 힘든 상실이었다. 게다가 이탈리아를 덮친 불행으로 부족한지, 형뻘인 독일은 연민을 품기는커녕 이탈리아에 매섭게 화를 내기까지 했다. 독일은 이탈리아를 배신자라 선언하고, 바닥으로 끌어내리며 비난을 퍼부었고, 그래도 분이 안 풀리는지 독일 병사들에게 어제의 동맹군들을 탈영병으로 간주해 즉결 처형하라는 명령을 내렸다.

사태가 급박하게 돌아가자 지로카스트라시는 세상사를 넓고 복합적으로 바라보는 데 길들어 있었음에도 꼭 방향감각을 잃은 것처럼 보였다.

혼돈 상태가 얼마나 심했는지, 벌어진 사태를 두 구라메토와 처음으로 연결짓지 못할 정도였다. 그렇지만 이번에도 상황은 하늘의 뜻으로 일어난 것처럼 보였다. 이탈리아가 무릎을 꿇자 독일군은 알바니아를 주인 없이 비워두지 않으려고 남쪽, 그리스에서부터 북상했다. 대구라메토 박사와 소구라메토 박사는 평소대로 열심히 일했다.

그러나 기회는 완전히 지나가버렸다. 사람들은 고개를 저으며 한숨을 내쉬더니, 철학자들이라도 되는 양 사건의 비극적인 측면을 말해주는 데 이 망각보다 더 좋은 증거는 없으리라고 결국 결론지었다.

사람들이 문제를 파고들면 파고들수록 상황은 걷잡을 수 없을 정도로 혼란스러워지는 듯했다. 이탈리아가 항복했다는 건 모르는 사람이 없었다. 그렇다면 그뒤로 알바니아의 위상은 어땠을까? 알바니아도 덩달아 항복한 건가? 아니면 밝혀내야 할 무엇이 있었던 건가? 명료하게 보려고 들수록 불투명해지는 무엇인가가.

때로는 훨씬 단순한 말로 의문이 제기되었다. 알바니아가 이제막 전복된 제국을 구성하던 세 요소 가운데 하나였으니 독일이 표출하는 노여움의 삼분의 일이라도 감내해야 하지 않겠는가?

이 점에 대해 확실히 알기란 어려웠다. 이탈리아는 그 분노의 대가를 치르는 중이었고, 얼간이가 아니고서야 그걸 모를 수 없었다. 그러나 다른 두 요소, 아비시니아*와 알바니아가 어떻게 될지는 누구도 예견하지 못했다. 어떤 이들은 이 분노가 늘 그렇듯이 무엇보다 아비시니아의 흑인들에게 향한 것을 지당한 일로 보았다. 그런가 하면 또다른 이들은 그 가련한 흑인들에게 화풀이하는 건 곤란하다고 지적했다. 화풀이를 당하건 아니건, 그들의 상황은 어쨌든 점점 더 나빠지고 있었기 때문이다. 그렇다면 짜증을 쏟을 곳이 이제는 알바니아밖에 안 남았다는 얘기였다. 더구나 독일군은 알바니아에서 겨우 40킬로미터 남짓 떨어진 곳

* 에티오피아의 옛 이름.

에 있었으니 그들은 새끼 양을 발견한 늑대처럼 확실히 입맛을 다시기 시작했다.

도시가 불안감에 휩싸여 있었을 때 예기치 않은 사건이 일어나 온갖 추측을 일소했다. 어느 화창한 아침, 정체불명의 비행기 두 대가 도시에 수천 장의 전단을 뿌린 것이다. 전단은 두 언어, 독일어와 알바니아어로 작성되었고, 모든 걸 설명하고 있었다. 독일은 점령하려는 것이 아니라 그저 알바니아를 지나 길을 트고 있는 것뿐이다. 친구로서 오는 것이다. 독일은 알바니아에 대해 전혀 적대감이 없을 뿐 아니라 가증스러운 이탈리아의 억압으로부터 해방시켜주려는 것이다. 빼앗긴 독립을 알바니아에 돌려주려 한다. 코소보와 차머리아*까지 영토에 포함한 민족 중심의 알바니아를 인정한다. 독일은……

사람들은 눈으로 보고도 믿지 못했다. 사실이라기엔 너무 번드르르했다. 그렇지만 두 언어로 작성된 전단이 분명히 눈앞에 있었다.

회의론자들은 읽고 또 읽고 나서 늘 하던 소리를 늘어놓았다. 여기 이 아래에서 벌어지는 일을 저 위에서 어떻게 알겠어? ('저 위'란 독일 고위 관리들을 의미하기도 하고 전단을 뿌리는 비행

---

* 그리스 내의 알바니아인 거주지.

기들을 의미하기도 했다.) 도시는 마침내 불안에서 해방되는 것 같았다.

다소나마 안심한 사람들이 날아다니는 전단을 두고 제 의견을 내놓기 시작했다. 늘 그렇듯이 의견은 분분했다. 이런 방식의 의사 전달을 높이 평가하는 사람들도 있었다. 최근의 농간들과는 전혀 다른 방식이었다. 번듯해 보이는 큰 나라가 한밤중에 도둑처럼 습격해 국경을 침범해놓고 아침이 되자 뻔뻔하게도 이렇게 선언하지 않았는가. 네가 날 공격했잖아! 그에 반해 훤한 대낮에 내놓은 이 선언은 더없이 투명했다. 마치 명함이라도 내미는 것처럼 당당한 태도였다. 이걸 보시라. 두 언어로 되어 있잖은가.

멍청이들, 하고 응수하는 사람들도 있었다. 바로 그 명함 이야기야말로 한 나라에 대한 더없는 모욕 아닌가. 우리 나라처럼 영웅적인 나라에는 더더욱 그렇잖나. 알바니아여, 내일 아침 열시에 내 이곳에 올 테니 와서 나를 기다리고, 나에 대해 떠들어대는 말 따위에는 귀기울이지 말라. 내가 가져올 대포도 탱크도 신경쓸 것 없다. 나는 더없이 상냥한 독일인 한 사람으로서, 예의를 갖춰 꽃도 들고 갈 터이니…… 바보들 같으니, 이런 허튼소리를 정말로 믿는단 말인가?

그래도 저들이 폭탄보다는 명함을 투하하는 편이 나은 건 사실 아냐, 하고 전자들은 주장했다.

규칙과 의례를 무엇보다 우선시하는 다른 진영에서는 전혀 다른 데에 관심을 드러냈다. 배부르고 건방지고 수치심을 모르는 수고양이에게나 어울릴, 교묘하고 교활한 관심사였다. 그래, 독일이 알바니아에 대한 자기 의도를 드러냈어. 그렇다면 알바니아는 어떤 태도를 취해야 하지?

이 질문에 상대 진영 사람들은 격분했다. 무슨 소리를 하는 거야. 독일이 그리스에 한 것처럼 우리를 산산조각내지 않은 건 천만다행이지만 우리는 계속 까다롭게 굴어야 해! 그러면서 그들은 격언 두세 가지를 들먹였는데, 그중에는 다 죽어가면서도 꼬리를 깃발처럼 고집스레 치켜드는 염소에 관한 것도 있었다.

그러나 인내심 많은 사람들은 말했다. 기다리세요, 기다려보세요. 그러면서 지난밤 자기네 집 문 앞에서 발견한 전단을 보여주었다. 그 인쇄물은 날아다니는 전단 같은 위엄도 없고, 하늘길을 통해 전달된 것도 아니었지만(단일 언어로 되어 있었다는 건 말할 것도 없고) 모든 점에서 반대되는 얘기를 하고 있었다. 사람들에게 무기를 들라고 촉구하는 내용이었다. 독일군들을 잔인한, 심지어 이탈리아군보다 더 잔인한 침략자들로 규정했다.

모든 사람의 마음에 불신이 싹트고 있었고, 그 때문에 모두가 당혹감에 빠질 수밖에 없었다. 알바니아에는 두 가지 태도가 지배적이었는데, 지로카스트라에 큰 영향을 미치지는 않았다. 때

때로 지로카스트라는 나라 전체에 비해 스스로 훨씬 분별력 있
다고 느끼고 있었다. 그런데 바로 이때야말로 그래야 할 때였다.
독일군이 처음으로 지나갈 대도시로서 지로카스트라가 다른 어
느 도시보다 심각하게 이 문제에 신경써야 했기 때문이다.

2장

    이 도시의 광적인 과대망상에 관해 몇 가지 해석이 떠돌았다. 가장 널리 퍼진 이야기는 도시의 고립과 관계된 것이었다. 이 해석의 신봉자들은 여기에 불충분한 부분이 있다는 사실을 의식하고서, 정확히 이 경우엔 고립이라는 말에 몇 가지 설명이 필요하다고 덧붙이고 나섰다. 도시는 도시와 꽤 냉랭한 관계를 맺고 있는 드넓은 광야에 둘러싸여 있었는데, 광야 쪽에서 보면 이 도시가 적대적이다 싶을 정도로 낯설어 보였다. 북쪽으로는 여우와 늑대가 우글거리고 끝이 보이지 않는 산 너머에 라버리아의 촌락이 삐죽이 보였다. 그 촌락 또한 거친 풍경 때문에 끝이 없어 보였다. 맞은편 동쪽에는 강과 계곡 너머로 룬저리아 마을이 펼쳐져 있었다. 역시나 낯선 풍경이었지만 이번에는 정반대로 부드러움 때문이었다. 남쪽으로는 강을 따라 골짜기 곳곳에 그리스 소수민족 부락들이 자리잡고 있었다. 그들은 멸시받으면서도 다른 이웃들만큼이나 또는 그 이상으로 이 도시의 정신적인 균형을 교란했다. 그것은 음험한 불안이었다. 대낮보다는 잠자는 동안 엄습하고, 대개 이유도 없고 근거도 없는 불안이었다. 죄의 유혹과 흡사한 그 불안에 충동질당한 이 도시 주민들은 자기네 땅에서 소작인으로 일하는 그리스인들 때문에 그리스인만이 아니라 그리스와 관계된 모든 것, 그리스 정부, 정책, 심지어 언어에 대해서도 왜곡된 표상을 키웠다.

마치 이 무리만으로는 부족한 것처럼, 이곳 한가운데에, 더 정확히 말하자면 도시와 이 소수민족 구역 사이에, 양쪽 모두에 굳게 닫힌 라자라트가 펼쳐져 있었다. 이 마을은 앙심과 고집스러움에서 겨룰 상대가 없었다. 이 마을이 지로카스트라를 향해 품은 원한의 동기를 찾지 못하자 시사평론가들은 그 원한이 사람들 생각만큼 해롭지 않다고 여겨버렸다. 그 원망이 이 도시에만 묶여 흐릿해진 까닭에 알바니아 전체로 쏠리지 않는다는 이점이 있다고.

유난히 어두운 밤에는 멀리 떨어져 희미해진 도시의 불빛마저도 라자라트 마을 사람들의 신경을 건드렸고 참다못한 그들은 도시 쪽으로 총을 쏘는 경우도 있었다.

누구보다 예리한 시사평론가들은 이곳 귀부인들이 위층을 차지하고 있다는 고급 거주지에서 이 적대감의 원인을 찾았다. 그들의 말에 따르면 그 고층 거주지들의 크기가 줄어들 리도 없을 테고, 귀부인들이 낮은 지위로 스스로를 낮출 리도 없었기 때문에 몰이해는 불가피했고, 아마도 영영 그러리라는 것이었다.

이 도시로 말하자면 오래전부터 이런 상황에 길들어 평정을 찾으려 애쓰지도 않거니와 누구와 대화를 시도하지도 않았다. 다른 어떤 도시라도 이처럼 적개심이 만연한 가운데 자리했다면 아마 한쪽에 맞서 다른 쪽과 동맹을 맺으려고 했을 것이다. 이를테면 그리스 소수민족에 맞서 라버리아와 동맹을 맺거나 룬저리아에 맞서 라자라트와 동맹을 맺는 식으로 말이다. 그런데 보아하니 이 도시가 필요한 만큼 똑똑하지 못했거나 필요 이상으로 똑똑한 것 같았다. 그래서 결국엔 마찬가지 결과가 되었다.

이 도시는 평정을 꾀하지 않았을 뿐 아니라 위협적이게도 매일 밤 감옥에 불까지 밝혔다. 이 도시에서 가장 높은 곳에 자리한 성의 가장 꼭대기에 있는 감옥에 말이다. 여행자들이 아테네 아크로폴리스의 조명에 비유한, 그러나 조금 더 음울한 분위기의 이 도발적인 조명으로 도시는 이웃들을 향해 이런 메시지를 외쳤다. 라버리아 사람들, 그리스 사람들, 라자라트 사람들, 룬저리아 사람들 할 것 없이 당신들 모조리 자비도 가차도 없이 바로 이 감옥에서 썩어가게 만들고 말겠다.

오스만제국이 붕괴된 이후 일자리를 잃고 고향으로 돌아온 300명의 지로카스트라 출신 제국 판사들을 생각해보면 이 위협은 전혀 과장되게 들리지 않았다.

어떤 도시였더라도 그들의 귀향은 유혈 사태를 불러일으켰을 것이다. 제아무리 관대한 도시라도 그랬을 터인데, 하물며 지로카스트라는 말할 것도 없었다. 룬저리아도 이 도시의 동정을 사지 못했는데 다른 무엇이 그럴 수 있으리라고는 기대하지 마세요, 하고 사람들은 말했다. 룬저리아의 촌락은 도시 맞은편, 불을 밝힌 작은 양초로 가득한 교회들이 있는 중심지 너머에 펼쳐져 있었다. 부활절이면 교회 종소리가 울려퍼지고, 물 좋고 여자들이 더없이 상냥한 곳이었다. 도시는 아무것도 보지 않는 척했지만 모든 걸 눈여겨보고 있었다. 룬저리아 마을에서는 처녀들이나 새색시들이 느닷없이 사라졌다. 사람들은 샘이며 절벽 아래며 양 우리며 곳곳을 하염없이 찾아다녔다. 그러다 오랜 시간이 흐른 뒤 비난 스치는 소리처럼 조그만 속삭임이 전해주었다. 그 여자들은 지로카스트라의 집집에서 죽어갔다고.

이 도시가 여성 유괴를 한 걸까, 아닐까? 이 문제는 결코 확실하게 풀리지 않았다. 처녀들과 새색시들이 유괴된 건지 아니면 육중한 문 주위를 기웃거리다가 집안으로 붙잡혀 들어가 영영

종적을 감춘 건지는 확인할 길이 없었다. 그 집들 내부에서 무슨 일이 꾸며지고 있었는지 알 수 없었다. 여자들이 그곳에서 행복했을까? 아니면 불행했을까? 이 두 가지 의문 사이로 세번째 의문이 고개를 들었다. 그들은 늘 꿈꿔온 대로 귀부인이 되었을까? 아니면 오래전부터 그 꿈에 한참 못 미치게 되었을까? 그것도 아니라면?

독일군이 도착하기 전날의 그림은 이러했다. 예부터 알바니아는 위험을 마주하면 냉정을 되찾고, 오랜 불화들을 잊고, 했던 말도 선뜻 번복해왔다고 했다.

여론은 크게 둘로 갈렸다. 예상할 수 있듯이 공산주의자들은 민첩하고 열렬하게 전쟁을 원했다. 민족주의자들도 반대하진 않았지만 열렬함이나 민첩함은 그들의 기질이 아니었다. 그들의 생각에 과잉 열정은 알바니아보다는 러시아에 훨씬 이득을 안겨주는 일이었다. 그들은 알바니아가 이득도 따지지 않고 맹목적으로 이 충돌에 뛰어들어선 안 된다는 견해를 보였다. 독일이 강력한 점령국이었지만 붉은 러시아라고 나을 게 없었다. 게다가 독일은 코소보와 차머리아를 가져다주었지만 러시아는 콜호스[*] 말고는 아무것도 가져온 게 없었다. 아무것도! 아마도 독일군의

---

[*] 소련의 집단농장.

전단에 적힌 "민족 중심의 알바니아"라는 말에 공산주의자들은 좋아하기는커녕 오히려 역정을 냈을 것이다. 그들이 전쟁을 서두르는 이유가 그 말에 근원이 있었다고 보는 것도 터무니없지는 않았다. 당연한 일이었다. 그들 선두에 세르비아 출신 지휘관이 두셋 있었고, 그 지휘관들은 "민족 중심의 알바니아"라는 말에 격분했을 테니까!

시간이 갈수록 양쪽 의견은 점점 더 대립했다. 선술집에서 오가는 대화는 귀부인들의 집에서 오가는 대화보다 훨씬 거칠었다. 독일군 양반, 통과하시오. 약속대로 통과만 하는 거요. 날 건드리지 않는다면 나도 건드리지 않겠소. 아흐퉁(조심하시오)! 댁이 그리스와 세르비아의 허리를 끊어놓지 않았소? 그건 내 알 바 아니지만! 코소보와 차머리아는 나한테 넘기시오, 암, 야볼(그렇고말고)!

*

온갖 예측 가운데 최악의 예측이 실현되었다. 도시로 들어서는 도로에서 독일군 전위대가 총격을 받은 것이다. 싸움도 휴전도 없었다. 단순히 복병이 있었을 뿐이다.

오토바이 대원 셋으로 구성된 전위대는 놀랍도록 재빨리 오토

바이를 돌려 본대로 돌아갔다. 총을 쏜 자들도 똑같이 잡목림에 빨려들어간 듯 재빨리 자취를 감추었다.

이 소식이 곧 도시의 두 카페에 퍼졌다. 이런 종류의 상황이면 으레 그랬듯이 사람들은 서둘러 집으로 피신했다. 그들은 헤어지면서 마지막 몇 마디를 주고받았다. 어떤 이들은 다른 때와 마찬가지로 선동만 하고 내뺀 공산주의자들을 비난했고, 또다른 이들은 대가를 치르면서까지 늑대와 우정을 맺으려 했던 이들을 원망했다.

저택들의 육중한 문이 채 닫히기도 전에 소식은 온 나라에 퍼졌다. 이 배신 행위로 도시가 보복당할 거라는 소식이었다.

그들을 당혹스럽게 만든 건 보복 방식이었다. 그것은 이례적이게도, 폭파라는 방식이었다. 물론 두려운 일이었지만 처음 든 느낌은 공포보다는 수치심에 가까웠다.

사람들이 냉정을 되찾기까지는 시간이 필요했다. 그러니까 그들의 거대한 석조 저택을, 그들의 집문서를, 그들의 땅을, 300명에 달하는 제국 판사들을, 귀부인들의 거처를, 비단결 같은 잠옷 차림의 귀부인들은 물론 그들의 비밀과 팔찌들까지 모조리 같이 날려버려 우박처럼 땅으로 떨어지게 만들겠다는 것 아닌가.

차마 보기 힘든 전망을 피하려는 듯, 사람들은 해묵은 논쟁을 다시 시작했다. 봐라, 이게 공산주의자들이 우리에게 한 짓이다.

이게 당신들이 우리에게 한 짓이라고. 코소보와 차머리아를 되찾게 될 거라고 생각했던 당신들이 말이야. 싸우려고 든 건 우리가 아니라 당신들이야. 그러니까 당신들은 앉아서 구경이나 할 동안에 우리는 나가서 싸워야 한다는 말이잖아? 우린 싸우겠다고 말한 적 없어. 그런 말을 한 건 당신들이지. 당신들은 거짓말을 한 거야. 그렇게도 싸우고 싶나? 죽어! 싸우다 그 자리에서 뒈져버려. 절대로 뺑소니는 치지 마라!

이렇게 그들은 싸웠다. 그러나 싸우다 지치면 조금씩 의혹을 불러일으키는 질문으로 되돌아갔다. 누가 독일군들에게 총을 쐈을까? 이어지는 침묵도 숨막히긴 마찬가지였다. 좋든 싫든 그들은 폭파라는 징벌의 형태를 다시 거론했다. 징벌 자체도 물론 끔찍했지만, 그들은 그 수치심의 근원에 자리한, 털어놓을 수 없는 또다른 불행을 더 감내하기 힘들어하는 것 같았다. 징벌이 내려진 도시는 곳곳에 많아서 조금만 생각해보면 태초부터 징벌이라는 여가 활동이 인류의 주된 취미였던 것 같았다. 많은 도시가 포위되고, 물과 식량 공급이 끊겼으며, 포격을 당하고, 문이 파괴되고, 성벽이 무너져 잿더미로 변했다. 심지어 더는 풀이 나지 못하도록 소금을 뿌리기까지 했다. 도시들은 이렇게 절망의 나락으로 떨어지면서도 용기를 잃지 않았다. 하지만 무참히 폭격을 당하는 건 전혀 다른 얘기였다.

사람들은 수치심의 원인을 마침내 파악했다. 이 불행은 여자들만의 징벌을 닮았다는 점에서 본질이 전혀 달라 보였다. 여자들에게 가해지는 징벌이라고요? 아니면 내가 잘못 들은 겁니까? 이제 막 식탁에 자리잡은 사람들이 물었다. 문제의 핵심은 논리를 동원하지 않고도 감지하기 쉬웠지만, 그만큼 논리를 동원하고도 제대로 파악하기 어려웠다. 덮치고, 쑤셔넣고, 순결을 뺏고, 밑을 찢는 것, 이 모든 게 여자들에게만 적용되었다. 말하자면 그토록 사내답게 산다고 자부하던 이 도시가 연약한 여자처럼 죽어가게 된 것이다.

도시로부터 그토록 멸시받던 주변 시골은 드디어 만족을 얻었다. 심지어 시골이 도시를 연민어린 눈길로 바라보는 것 같았다. 처음 있는 일이었지만, 이미 엎질러진 물이었다!

이런 지경에 이르자 사람들의 영혼도 목소리도 미약해졌다. 남자들은 이미 울고 있는 여자들과 함께 흐느끼지 않으려고 그저 고개를 돌릴 수밖에 없었다.

*

석양과 동시에 이 도시를 덮친 것에는 아직 이름이 없었다. 적당한 말을 찾지 못해 침묵이라고 부를 수도 있었다. 그러나 침묵보다 깊고, 침묵과 소음의 거리만큼이나 침묵과 먼 무엇이었다.

사람들 일부는 룬저리아 마을로 가는 게 좋겠다고 판단해 그리로 향했고, 다른 일부는 '태산' 쪽으로 갔다. 차라리 그곳 산의 늑대들과 여우들이 그들을 훨씬 너그럽게 지켜봐주리라고 생각한 것이다.

요란한 탱크 소리를 그들이 모르지는 않았지만 기다림이 길어지다보니 소리마저 다르게 들렸다. 탱크의 길고 거친 소리를 폭발음으로, 최근에 제조된 독일제 신형 폭발물 소리로 생각한 사람이 많았을 정도였다.

독일 탱크들이 마침내 대로에 모습을 드러냈다. 시커먼 놈들이 한 대씩 줄지어 전진했다.

첫번째 탱크는 강을 가로지르는 다리 부근에 멈춰 서더니 그자리에서 한 바퀴 돌아 도시를 향해 포신을 겨누었다. 두번째 탱크도 첫번째 탱크를 따라 했고, 네번째, 일곱번째 탱크가, 그리고 뒤따르던 모든 탱크가 그대로 따라 했다.

벌어지고 있는 일의 의미가 별인긴 일말의 혼돈도 없이 명료해졌다. 마치 탱크들이 박자를 맞춘 요란한 소리와 더불어 세상에 새로운 안목을 가져온 것만 같았다. 포탄을 한 발 맞기도 전에 도시 주민들은 메시지만이 아니라 나머지 모든 것을 이해했다. 이 오래된 도시가 독일 척후대를 공격했다. 따라서 도시는 전쟁 관습에 따라 처벌을 받게 될 터였다. 전쟁 관습은 이런 도시가 오만할 수도 있고, 늙어 치매에 걸렸을 수도 있다는 건 결코 고려하지 않았다.

첫번째 포탄이 이미 집들의 지붕 위를 날았다.

시련은 계속되었다. 슈우욱 하고 포탄 날아가는 소리가 변두리를 지나 질서정연하게 도시의 심장부로 점점 다가오자 대피소로 피신한 사람들은 마지막이 되리라 생각한 말을 내뱉고, 마지막 의지를 비워내고, 기도를 했다.

갑자기 폭격이 멈췄다. 무슨 일이 벌어졌는지 보려고 지하 대피소에서 제일 먼저 고개를 내민 호기심 많은 사람들은 상상했던 폐허 대신 도시가 여전히 그 자리에 건재한 걸 발견하고 깜짝 놀랐다. 하지만 두번째로 알게 된 정보에 비하면 그건 아무것도 아니었다. 두번째는 폭격 중단과 관련된 소식이었고, 따라서 무언가 불가사의하고 불투명했다. 정확한 위치는 알 수 없지만 어느 지붕에서 주민 한 사람이 흰 천조각을 들어올렸다고 했다. 다시 말해 독일군에게 항복의 신호를 보냈다는 것이다.

이 얘기를 믿는 사람도 많았지만 헛소리라고 여기는 사람도 그만큼 많았다.

그런데 폭격은 분명히 멈췄는데 요란한 탱크 소리가 다시 울리기 시작했다. 이제는 탱크들이 천천히 도심을 향해 가고 있다는 것만 달랐다.

어둠이 내리고, 어둠과 더불어 의문이 더욱 집요해지는 시간이 왔다. 누가 그 흰 천을 펼쳤을까? 이제 다른 의문—독일 척후대에 총을 쏜 사람은 누굴까?—은 유년기의 세상에서 불쑥 튀어나온 것처럼 아주 단순해 보였다. 이 후자에 대한 답은 머지않아 밝혀져 어떤 이들의 자랑거리가 되겠지만, 반면 흰 천을 올린 사람의 정체는 점점 더 어둠 속으로 빠져들리라는 걸 모두들 느꼈다.

그 사람이 누군지는 물론 그의 거주지도, 그가 흰 천을 올린 지붕의 위치도 알 수 없었다. 그 장면을 보았다고 주장하는 사람들은 확신 없이 저기 어디쯤이라고 말했다. 다른 이들도 추측을 해댔지만 정확한 인명이나 지명, 문제의 지붕에 대해서는 어깨만 으쓱했다. 이걸 불명예라 규정해야 한다면 그 불명예는 단지 한 개인이나 지붕 하나의 지지도 받지 못할 사람들의 불명예가 될 것 같았다.

모두가 그런 생각이었다. 그래서 누군가 마침내 잘못을 덜어주고 함께 나누기에 적합한 설명을 찾아냈을 때 안도감을 느낄 정도였다. 그 설명은 놀라 자빠질 만큼 단순했다. 순백의 항복 신호를 올린 게 사람인지 유령인지 몰라도 몇 년을 찾아도 찾지 못할 겁니다. 그걸 흔든 건 인간의 손도 어떤 유령도 아니고 9월의 바람이었으니까요. 그래요. 분명히 9월의 바람이었어요. 주민들이 지하실로 몰려갔을 때 열려 있던 어느 창문의 흰 커튼이 바람에 나부끼며 독일군 눈앞에 두세 차례 펄럭였던 겁니다.

　도시 주민들은 그제야 마음을 놓을 수 있었다. 항복 신호를 보낸 건 비겁함이나 어떤 배신의 의사가 아니라, 단지 바람의 모습으로 나타난 조물주의 손가락이 정해진 일을 실행에 옮겼던 것이다. 바람과 완벽하게 손발을 맞춰, 창밖으로 펼쳐진 커튼은 한껏 펄럭이다 순식간에 다시 안으로 빨려들어온 것이었다……그러니 그 누구도 사람의 손뿐 아니라 흰 천조각이 펄럭인 창문도 집도 결코 알 수 없을 터였다.

3장

분명히 같은 날이었다. 그런데 오래도록 무감각하게 굳어버린 시간이 지난 뒤라 도무지 현실 같지 않아 보였다. 오후라는 말도 들어맞지 않는 것 같았다. 하루의 두번째 나절. 하루의 이 후반부는 어쩌면 새벽과 구분하려고 아침이라고 부르는 전반부에 대한 오랜 앙심을 수세기 동안 끝내 감춰왔는지도 모른다. 그런데 그렇게 쌓였던 앙심이 9월의 이날 갑자기 터져버린 것이다.

그렇지만 아득한 옛날에 잊힌 다른 재앙들로부터 그들을 지켜준 운명에 감사하는 것도 중요했다. 신만이 아는 지점까지 거슬러올라가는, 그 무엇과도 닮지 않은 시공간, 지로카스트라의 오래된 집들에서 사람들이 능욕당한 여자의 목을 졸랐듯이 두 개의 밤이 낮의 목을 조른 뒤 하나가 된 우주의 뱃속 같은, 말하자면 상상을 초월한 시간 괴물 '비뉘'* 같은 아득한 시간의 재앙 말이다.

이렇게 상상해볼 수 있다. 그런 혼돈 속으로 빠져든 건 오랫동안 이곳 주민들의 자부심이었던 냉철한 이성을 잃은 결과였다고. 어쩌면 설상가상으로, 냉철한 이성만이 아니라 다른 것, 통상적 이성마저 증발해버린 듯도 했다.

그래도 사람들은 준準이성을 가지고서도 아직 어떤 것들을 이해할 수 있으리라고 희망했다. 이를테면 폭격이 대규모 사형 집행으로 대체되었다는 건 알았지만, 불운하게도 선택된 인질이 누구였는지는 알 수 없었다. 독일군이 요구하는 바가 어딘가에는 드러나 있으리라고 생각했지만 그것이 어디이고, 특히 누구와 협상했는지를 알아맞힐 만큼 집중하기란 불가능했다.

또다른 얘기도 사람들의 귀에 들려왔다. 예기치 못한 일이었다고 말한다면 진실에 한참 못 미치는 얘기가 될 것이다.

들려온 얘기는 이런 종류의 것이었다. 처음엔 뭔가 살육전처럼 시작했는데 마지막 순간에 우호적인 일임이 드러났다는 것이다. 달리 말하자면 마치 음표를 내쏟도록 만들어진 것 같은, 색다른 폭발음을 내는 기관총이었다.

---

* Binuit. 프랑스어로 '두 개의 밤'이라는 뜻.

무슨 기관총 말입니까? 그건 오히려 슈트라우스의 음악 같던 걸요. 시립 악단에서 연주하는 샤메트 집안 아들들이 반박하고 나섰다. 게다가 기관총소리인지 음악소리인지, 아니면 둘 다인지 몰라도 그 소리는 분명히 시청 광장이 아니라 그 집…… 의사의 집…… 대구라메토 박사의 집에서 났어요.

대구라메토가 정신이 나간 모양이라고 말하기 앞서서, 사람들은 전혀 엉뚱한 감정에 사로잡혀 곤혹스러웠다. 가책이었다. 용서받지 못할 망각에 대한 한없이 깊은 가책. 두 의사, 대구라메토와 소구라메토에 대한 망각이었다.

도대체 무슨 일이 일어났던 걸까? 언제, 왜, 어떤 식으로? 국가들의 몰락과 출현, 동맹 결렬, 국경과 국기의 변경이라는 국제적인 사건들로 생겨난 무질서 가운데 무슨 일이 일어났기에 이런 때일수록 잊지 말아야 할, 대구라메토 박사와 소구라메토 박사를 잊었을까? 사람들은 두 사람의 경쟁 관계를 잊었고, 둘을 비교하는 것도 잊었으며, 두 사람의 권위의 변동마저 잊었다. 그것은 마치 나침반을 잃은 것이나 마찬가지이고, 기압과 기온 변화를 측정하는 것마저 포기하는 것이며, 주식의 흐름과 화폐가치의 하락은 말할 것도 없고, 독일군이 침략할 경우 일어날 스위스 은행의 몰락조차 고려하지 않는 것과 매한가지였다…… 말하자면 도시에 내장된 시계가 고장난 것이었다. 도시라는 이름에 걸맞은 곳이라면 어디든 어딘가에 감추고 있는 시계, 그 똑딱거리는 소리가 모두에게 들려도 어디서 나는지는 결코 알아맞힐 수 없는 시계 말이다.

그런데 대구라메토의 복수가 벌어졌다. 당신들, 날 잊고 있었지? 내가 당신들을 어떻게 돌게 만들지 두고 보라고! 그러더니 정적 가운데 축음기의 볼륨을 최고로 높였다.

성급함의 결과가 언제나 그렇듯이 추측은 곧 의혹에 휩싸였다. 그건 결코 구라메토 박사의 방식이 아니었다. 그는 만사에 무심하기로 정평이 나 있었다.

대체 그의 지붕 아래에서 무슨 일이 일어났던 걸까? 그곳에서 음악이 흘러나왔다는 건 멍청이조차 알아차릴 일이었다. 그런데 왜, 어떤 배경에서, 어떤 전언을 위해 그런 건지는 아무도 몰랐다.

이내 두 가지 새로운 추측이 세워졌다. 첫번째 추측은 구라메토 박사가 독일군들을 조롱하고 있었다는 것이다. 당신들이 우리를 점령해? 당신들이 우리를 겁주고 무릎을 꿇렸다고 생각하는 모양이지'? 천만에! 봐, 당신들 코앞에서 난 날짜를 미루지 않고 내 딸의 약혼식을 치르잖아. 왜냐하면 알바니아 사람은 관습에 따라 결코 할일을 내일로 미루지 않거든. 따라서 난 당신들이 여기 없는 것처럼 행동한다고. 게다가 우리 전통에 따라 난 당신들이 친구건 적이건 환영해. 내 집 문은 당신들에게 열려 있다고.

현재 돌아가는 상황을 깨닫고 사람들은 대구라메토 박사가 한층 더 위대해졌다고 감탄했다. 겉으로 드러내지는 않았지만 모두들 분명히 속으로 그렇게 외쳤다. 이 도시의 자랑거리인 대구라메토 만세! 그 참에 사람들은 그의 짝, 소구라메토도 떠올렸다. 그에 대해서는 당연히 이렇게 말할 수밖에 없었을 것이다. 소구라메토는 꺼져라! 지옥 불에 떨어져라! 자기 고향과 동네에서 영원한 수칫거리가 되라지!

그러나 이 추측은 불발에 그쳤다. 최근 소식에 따르면 대구라메토 박사의 집에서는 약혼식이라곤 전혀 치러지지 않았으며, 그의 만찬은 독일군을 겨냥한 모욕이 아니라 오히려 그들을 대접하는 것이었다. 다시 말해 그가 이방인들을 초대한 건 이런 의미였다. 오늘 도시 어귀에서 우리가 총알로 당신들을 맞이했다고요? 저는 반대로 맛난 음식과 포도주와 음악으로 맞이하겠습니다!

이 의사에 대한 처벌은 불가피해 보였다. 많은 사람들이 그의 가면이 벗겨져 친독일파라는 사실이 밝혀지길 기다려왔노라고 말했고, 다른 이들은 그를 이 도시의 유다라고 저주했는데, 그것은 곧 소구라메토에 대한 찬사가 되어 퍼졌다. 입이 무겁고, 왜소하며, 다른 사람들처럼 음지에서 숨죽이고 지내지만 영웅적인, 두 알바니아*의 자랑거리 소구라메토!

소구라메토의 집이 어둠과 적막에 잠겨 있었다는 사실을 확인하기란 더없이 쉬웠다. 마찬가지로 대구라메토의 집은 휘황찬란하게 불이 밝혀졌을 뿐 아니라 음악이 점점 더 크게 흘러나온 것도 분명했다. 게다가 그것만으론 부족하다는 듯, 환호 소리 틈틈이 독일어로 건배와 만세를 부르짖는 소리까지 들려왔다.

배신의 무게를 조금이라도 덜어주고 싶었던 것인지, 대구라메토 박사를 지지하는 사람들은 그가 광기에 사로잡혔다는 추측을 다시 내놓았다. 이 이야기에서 누군가 정신이 나간 건 분명했다. 그런데 정신 나간 쪽이 구라메토인지 아니면 독일군인지는 알수 없었다. 둘 다가 아니라면 말이다!

그사이 구라메토 반대자들은 이 의사를 지지하는 사람들을 궁지로 몰아넣기 위해 그를 겨냥한 비난을 두 배로 쏟아냈다. 그들은 더 나아가 음악에 박자를 맞춰 기관총세례가 있었다고 넌지시 암시했다. 심지어 몇몇은 틀림없이 인질 처형이 이미 시작되었을 거라고 주장하기까지 했다. 이번에는 시청 광장이 아니라 구라메토의 집 지하실에서 자행되었을 거라고.

또 어떤 이들은 한술 더 떠서 이따금 지하실에서, 아마도 독일군들이 가장 싫어하는 인질로, 이를테면 유대인 야코엘 같은 인

---

* 알바니아와 코소보.

질 두세 명을 끌어올려 재미삼아 식당 한가운데에서 처형시켰을 거라고 말했다! 다시 말해 인질을 쓰러뜨려 식탁에서 사체 부검을 실시하고, 영웅적인 독일 병사들을 위해 내장을 꺼내고, 독일과 알바니아의 우정을 위해 건배했다는 것이다!

이런 유의 터무니없이 과장된 얘기는, 저녁식사 도중에 손에 메스를 들고 해부를 하는 대구라메토 박사의 이미지는, 정신 나간 사람들에게 서둘러 이성을, 적어도 지난 육백 년 동안 이 도시의 자랑거리였던 냉철한 이성을 되찾게 해주는 결과를 낳았다.

대구라메토 박사의 집에 불이 밝혀져 있었고 파티가 한창인 듯 보였으며, 브람스에 이어 〈릴리 마를린〉*이 들려왔던 건 사실이다. 그렇지만 시청 광장에 둘씩 묶인 채 습한 밤공기에 떨고 있던 인질들의 맞은편에 기관총이 두 줄로 시커멓게 늘어서 있었던 것도 사실이다.

매서운 날씨였다. 힘든 시기에 꼭 그렇듯이 테펠레나 골짜기에서 불어오는 북풍이 점점 더 거세졌다. 인질들은 대기 상태였다. 아직은 기관총이 불을 뿜지 않았고 군모를 쓴 병사들은 이따금 음악이 들려오는 쪽으로 고개를 돌리곤 했다. 아마 그들도 당혹스러웠겠지만, 인질들은 그들보다 더더욱 놀라고 망연자실했다.

---

* 랄레 안데르센이 부른 독일 가요.

죽음의 기다림이 드리운 그 불결한 광장과, 음악과 샴페인을
곁들인 구라메토 박사 집에서의 만찬보다 더 어울리기 힘든 것
을 상상할 수 없었지만, 음악과 기관총이 전혀 별개의 것이긴 하
나 불가사의한 어떤 끄나풀이 그 둘을 잇고 있다는 생각이 설명
할 길 없이 어느새 자리를 잡았다. 그 끈이 길한 것인지 불길한
것인지는 아직 단정지을 수 없었지만.

동시에 축음기 소리에 실려 끈질기게 이어지는 파장을 타고
만찬에 대한 설명이 들려왔다. 수세기 동안 도시는 일상적이지
않은 식사들을 기억에 간직해왔다. 온갖 종류의 비일상적인 식
사가 있었다. 환희가 넘치거나 겁에 질린 식사, 초대 손님들이
흥에 겨워 지붕 꼭대기에서 뛰어내리려 한 적도 있고, 만취해서
서로 총을 겨누기도 했으며, 안주인을 끌어내기도 했다. 새벽에
주인이고 손님이고 할 것 없이 모조리 음독 상태로 발견된 경우
도 있었다. 그렇지만 그 어떤 저녁식사도 이날의 만찬에 견줄 만
하지는 못했다.

그 비밀을 밝히기 위해 사람들은 대개 파멸로 끝난 다른 식사
들을 떠올렸다. 아마도 그런 식사들이 사람들의 기억에 가장 인
상 깊게 남았기 때문일 것이다. 시간을 거슬러올라가다가 어떤
이들은 성서 속 그리스도의 최후의 만찬을 떠올렸고, 거기서 마
침내 비밀을 간파하게 되리라 굳게 믿었다. 거기엔 모든 게 있었

다. 그리스도, 신의 우수憂愁, 사도들, 사도 가운데 자리한 배반자 유다. 그런데 진실이 언뜻 보이는가 싶더니 그들의 손가락 사이로 빠져나갔다. 구라메토 박사는 그리스도와 아무런 상관이 없었고, 독일군 손님들을 유다와 연결짓는 건 당연히 어불성설 같았다. 그들은 탄식하고 기도하며―하느님, 저희의 이 탈선을 용서하소서!―온갖 잡념을 떨어버리려고 애썼지만 소용없었다.

외딴집들이 드문드문 보이는 변두리 지역까지 소식이 도달하려면 오랜 시간이 걸렸기에 그곳 주민들은 뒤늦은 소식밖에 접하지 못했다. 한 시간 전에도 그랬던 것처럼 그들은 음악에 맞춘 기관총소리를 가지고 여전히 설전을 벌였다. 예전에 운이 나쁘게도 러시아와 프로이센 국경 부근에서 지낸 적이 있는 샤코 베이 코코보는 사람들이 떠들어대는 게 죄다 허튼소리일 뿐이며, 슈바르츠 기관총소리라면 바로 등뒤에서 당해보았기에 마누라의 코 고는 소리만큼이나 잘 안다고 거듭 말했다. 다른 사람들이 제1차세계대전 시절의 고물 슈바르츠가 아니라 슈베르트를 말하는 거라고 하자 그는 버럭 화를 냈다. 그놈의 슈베르트인지 슈배추인지는 집어치워요. 그건 죄다 정신 나간 소리일 뿐이란 말입니다. 기관총이 노래를 하고 대포가 오페라 아리아를 부른다는 소리를 나더러 믿게 할 생각일랑 말라고요.

사람들은 바로 그런 외딴집에서 벌어진 옛날의 어느 만찬을 떠올렸다. 그것은 우화나 어린아이들에게 들려주는 자장가 형태로 여러 세대에 걸쳐 전해오는 얘기였다. 이야기 속 집주인은 어느 낯선 이를 저녁식사에 초대하기로 한 약속을 지키기 위해 아들에게 초대장을 전하라고 시켰다. 그런데 아들은 그 낯선 나그네를 만나려고 큰길로 나가 묘지 옆의 인적 드문 길을 걷다가 문득 공포에 사로잡혀 묘지 담 너머로 초대장을 집어던지고 황급히 어둠 속을 내달렸다. 초대장이 어느 무덤 위에 내려앉은 건 알지 못한 채. 집으로 돌아온 아들은 아버지에게 말했다. 아버지가 시키신 대로 했어요. 그런데 죽은 이가 손에 초대장을 들고 문간에 나타나 집주인과 손님들을 기겁하게 만들었다. 절 초대했죠? 제가 왔습니다! 어찌 그런 얼굴이십니까!

그동안 구라메토의 집에서는 만찬이 계속되었다. 그곳에서 벌어지는 일에 대해 사람들은 여전히 알지 못했다. 그때 새로운 희소식 하나가 다른 소식들과는 전혀 다르게 4월의 미풍처럼 퍼지기 시작했다. 소식은 나비처럼 살금살금 날았다. 자칫하면 날아가버릴 듯, 무지개보다 잡기 힘들어 보였다. 그러나 테펠레나 골짜기에서 불어오는 바람, 무엇 앞에서도 물러서지 않는 바람조차 그 소식이 목적지에 닿도록 길을 양보하는 듯했다. 풀려난 인질이 있다는 소식이었다.

소식을 들은 사람들은 할말을 잃었다. 쉽게 머리로 이해되지 않는 말이었다. 인질. 그렇다. 인질들이 총살당한 게 아니라 풀려난 것이다! 다시 말해 그들이 저아래 시청 광장에서 총알 구멍이 잔뜩 난 채 한 사람씩 쓰러진 게 아니라 줄지어 자기 집으로 돌아갈 거라는 얘기였다. 주님, 감사합니다! 그리고 이 기적을 이루어낸 건 대구라메토 박사였다!

그를 향한 열렬한 성원이 절정에 달했다. 사람들은 가슴이 터질 듯했고, 무릎도 버티지 못했으며, 머리는 더더욱 버티지 못했다. 대구라메토 박사에게 환호를 보내는 것도 좋지만 소구라메토도 잊지 말아야 했다!

둘을 비교하고, 한쪽을 끌어올리면서 다른 쪽을 깎아내리는 광기가 이렇게 현기증 날 정도로 전복된 적이 없었다. 온 도시가 대구라메토 박사 앞에 무릎을 꿇고 눈물로 그의 발을 적시며 의심을 품었던 것에 용서를 애걸해야 마땅한 만큼, 경쟁자인 영웅의 추락을 너무 일찍 기뻐했던 자, 유다이자 유럽의 수치인 소구라메토 박사에 대한 생각을 바꾸고 그를 공격해야 마땅했다.

소구라메토를 등진 뒤 사람들은 당연하다는 듯 중대 문제로 돌아왔다. 그들은 사방에서 대구라메토 박사의 불 밝혀진 집을 우러러보았다. 그곳에서 흘러나오는 음악이 그들에게는 점점 더 천상의 음악처럼 여겨졌고, 오래된 그 집은 집이 아니라 대성당처럼 보일 정도였다.

안주인들과 세상사의 비밀에 대한 오래전의 호기심이 점차 식어가다 긴긴 동면 끝에 사그라들었나 싶더니 다시 발동했다. 대저택에서는 대체 무슨 일이 벌어지고 있을까? 저녁식사는 어떻게 진행되고, 또 나머지는? 구라메토 부인과 딸이 그곳에서 독일군들과 함께 왈츠를 추고, 독일군 지휘관인 폰 슈바베가 얼굴에 가면을 쓰고 있다는 게 사실일까?

이런 호기심은 곧 처음의 의문을, 그 무엇으로도 묻어둘 수 없을 초반의 의문을 다시 떠올리게 했다. 일부 사람들이 여전히 "치욕의 만찬"이라 부르고, 또다른 이들은 "부활의 만찬"이라 부르는 이 만찬은 실제로 어떤 것일까?

식사 시중을 들었던 사람들인지, 아니면 그날밤 분주히 움직였던 연락병들을 통해서인지 출처는 알 수 없지만, 수수께끼가 마침내 밝혀질 듯했다.

4장

실상은 이러했다. 이 기이한 오후, 탱크들과 자동기관총들이 힘겹게 시내 한복판까지 올라왔을 때 장갑차 하나에서 독일군 지휘관이 시청 광장에 모습을 드러냈다. 철십자훈장을 단 프리츠 폰 슈바베 대령이었다.

부하들이 그의 명령을 기다리는 가운데, 그는 저린 다리가 채 풀리기도 전에 눈앞에 펼쳐진 풍경을 참으로 생경한 눈길로 훑어보아 사람을 놀라게 했다. 그뿐이 아니었다. 얼마나 멍하니 넋이 나갔던지 혼잣말까지 했다. 지로카스트라…… 이곳에 친구가 하나 있는데……

그를 둘러싸고 있던 사람들은 농담이라고 생각했다. 반전이 거듭된 긴긴 하루를 겪은 뒤라 그럴듯하면서도 전혀 그럴듯하지 않은 일로 여겨졌기 때문이다. 그런데 대령이 같은 어조로 말을 이었다. 가까운 대학 동창인데…… 제일 친한 친구지…… 형제보다 나은 친구……

사람들은 그가 갑자기 웃음을 터뜨리리라고 기대했다. 이런 유의 농담 뒤엔 으레 그러지 않는가. 그런 식으로 농담이었다는 걸 밝히고 그들에게 뭐라고 부연하리라 기대했던 것이다.

그런데 그런 일은 전혀 일어나지 않았다. 오히려 그는 그들이 한 번도 본 적 없는, 생각에 잠긴 듯한 눈길을 던지며 친구의 이름과 두 사람이 함께 공부했다는 뮌헨 소재 대학과 친구의 주소를 말했다. 구라메토 그로스, 일명 대구라메토, 바로시가街 22, 지로카스트라, 알바니아.

놀란 마음이 채 가라앉기도 전에 장교들은 그 낯선 알바니아인을 당장 찾아 데려오라는 명령을 받았다.

군인 넷이 주소를 듣고 기관총을 멘 채 사이드카 두 대에 나눠 타고서 그 남자를 찾으러 요란하게 떠났다.

주민들은 아직 은신처를 떠나지 않은 터라, 벌어지고 있는 일을 아무도 보지 못했다. 군인들이 구라메토 집 앞에 나타나 문을 두드리고 그를 대령 앞으로 호위해 갔을 때까지도.

시청 광장에서, 그가 했던 말에 대한 의혹이 사라진 것도 잠시, 대령을 에워싸고 있던 장교들은 친구를 기다리며 잔뜩 들떠 있는 그의 모습을 보고 또다시 의혹에 사로잡혔다. 정말 형제보다 나은 친구일까, 아니면 처벌하려는 사람일까? 그들은 더는 고심하지 않고 일종의 호기심을 갖고 의사에게 어떤 높은 훈장이 내려질지 아니면 반대로 어떤 범죄에 대한 총살형이 내려질지 보려고 기다렸다.

사이드카들이 한결같이 천둥소리를 내며 다시 나타났지만 이젠 놀랍지 않았다. 수수께끼 같은 의사의 도착을 다른 방식으로는 상상할 수 없었기 때문이다.

보아하니 훈장이나 처벌을 내리는 문제는 아닌 것 같았다. 이곳에서는 상상할 수도 없는 전혀 다른 문제, 이전 세기에나 있었을 법한, 아니 그보다 더 먼 기사도 시대에나 있었을 법한 감상적인 무엇이었다.

처음에 의사는 굳은 것처럼 보였다. 동창을 못 알아보는 것 같았다(몇 년의 세월이 흐른데다 군복 차림이었고, 무엇보다 대령의 얼굴에 난 두 개의 흉터 때문에 바로 알아보기 힘들었던 모양이라고 사람들은 훗날 얘기했다). 하지만 곧 모든 게 순조로웠다.

포옹이 있었고, 당연히 감격과 눈물이 동반되어 그 자리에 있었던 사람들의 머릿속에 온갖 추측을 낳았다. 추측이 꼬리를 물고 나타났다가 사라졌다…… 대령이 최근에 정신과 치료를 받았던가?…… 더구나…… 저렇게나 감정을 쏟아내는 걸 보면 아무래도…… 만약…… 오, 아냐, 아냐…… 그럴 리 없어……
두 사람 중 어느 쪽도 그래 보이진 않아…… 그렇지만 뭔가 다
른 게 있어…… 아주 젊은데다 상대적으로 계급이 낮은 폰 슈
바베 대령은 제국의 수도인 베를린과 탄탄한 관계를 맺고 있었
다…… 아무도 모르는 일들을 그는 알지도 몰랐다…… 예를 들
어 이 알바니아 의사가 느닷없이…… 알바니아 총독으로 임명
될지도 모른다는 것 말이다.

그사이 감정 토로가 이어졌다. 옛 민요의 노랫말처럼, 잃어버
린 형제를 되찾아도 그보다 더 감격할 수는 없을 것 같았다.

친구의 생각을 읽기라도 한 것처럼 대령은 마침 의사에게 이
런 말을 하고 있었다.

니벨룽겐, 응? 두카지니 법*, 응? 과부 마르타의 술집에서 네가
나한테 했던 말 기억해? 알바니아의 손님맞이법 베사** 말이야.

기억하고말고. 내가 그걸 어떻게 잊겠어? 대구라메토 박사가
대답했다.

그 역시 감격한 건 분명했지만 뭐라 설명할 수 없는 그늘이 이
따금 그의 눈길에 스쳤다.

---

* 알바니아 북부와 코소보, 몬테네그로 동부, 마케도니아 서부 등지에서 여전히
  유효한 관습법으로, '카눈'이라고도 불린다.
** '신의'라는 뜻의 알바니아의 관습법의 하나.

대령의 얼굴 역시 때때로 굳었다.

이 만남을 난 오랫동안 꿈꿔왔어. 대령이 생각에 잠긴 얼굴로 말했다. 내가 네 얘기를 할 때마다, 그리고 카를 마이어가 쓴 글을 통해 알았고 또 네가 이야기해주기도 한 알바니아에 대해 얘기할 때마다 아마 사람들은 내가 미쳤다고 생각했을 거야…… 사람들은 무엇이 우리를 이어주는지 알지 못했으니까…… 그들은 내가 이제 죽는구나 생각이 들었을 때 너를 떠올렸다는 걸 알지 못했으니까. 문득 나를 수술한 게 우리 군의관이 아니라 너였다는 느낌이 들 정도였지…… 언젠가 네가 너 자신을 수술했다는 끔찍한 꿈 얘기를 했는데, 기억나……? 나도 약간은 그런 기분이었어…… 수술 도구를 다룬 건 다른 사람이었지만 날 수술한 건 너였어…… 그러니까 네가 내 목숨을 구하고, 되살리고…… 다시 불러서…… 죽음에서 되돌려놓은 거야!

그는 잠시 말을 끊더니 지그재그 모양 흉터가 하나 남은 이마로 손을 가져갔다. 다시 말을 하기 시작했을 때는 말이 느려졌고, 목소리는 거의 우수에 젖어 있었다.

그러니…… 내가 명령을 받았을 때…… 기갑연대를 맡아 알바니아로 들어가라는 명령을 받았을 때…… 처음 떠오른 건 너였지. 이건 알바니아를 점령하려는 게 아니라 영원한 제국에 병합시켜 구하려는 거야. 그리고 당연히 가장 먼저 내 형제인 너를 찾고 싶었지…… 그래서 가벼운 마음으로 떠나왔어. 네가 그토록 내게 자주 얘기했던 베사의 나라로 말이야……

그가 다시 말을 끊었다. 이번에는 침묵이 꽤 길었다.

구라메토 박사, 그런데 네 고향 사람들이 내게 총을 쏘았어!

그의 목소리는 이제 갈라졌고 얼굴은 침통했다.

대령의 이 말에 장교들의 얼굴도 어두워졌다. 대구라메토 박사는 굳은 듯 아무 대답도 않고 그 말을 들었다.

비열하게 공격했단 말이야…… 척후병이 마지막 숨을 거두면서 소식을 전했지. 공격당했습니다! 그때도 난 너를 제일 먼저 떠올렸어. 어리석게도 내가 네 말을 믿고 향수에 사로잡혀 그 젊은 병사들을 죽게 만든 거야. 숨기지 않겠어. 난 격분해서 이렇게 외쳤지. 배신자 구라메토, 네가 말한 베사의 나라 알바니아는 대체 어디 있는 거야?

하려던 게 바로 이 말이었구나! 그의 부하들이 외칠 뻔했다. 그들은 제일 처음에 떠올렸던 생각을 다시 했다. 대구라메토는 이제 끝장났군.

그는 아무 말 없이 굳어 있었다. 대령의 목소리는 점점 더 흐릿해졌다. 너한테 메시지를 보냈지. 비행기로 수천 장의 전단을 네게 뿌렸어. 나는 친구로서 가고 있다. 집주인으로서 친구들을 맞이해주겠느냐는 메시지를 말이야. 그런데 그 대답으로 척후병들이 죽어서 돌아온 거야. 사이드카에 실린 채 머리가 덜렁이는 내 병사들을 보았을 때 솔직히 난 부르짖고 싶었어. 과부 마르타의 술집에서 나눴던 얘기는 다 어디로 갔지? 구라메토, 네가 말한 베사는 대체 어디 있는 거야? 왜 아무 말도 않는 거야?

의사가 마침내 입을 뗐다.

널 공격한 건 내가 아니야, 프리츠.

아, 그래? 네가 아냐? 그럼 더 나빠. 네 나라가 날 공격한 거니까.

난 내 나라 문간이 아니라 내 집 문간에서 대답하고 있는 거야.

그게 그거지.

달라. 난 알바니아가 아니야. 프리츠, 네가 독일이 아니듯이 말이야.

정말 그럴까?

우리는 다른 거지.

대령은 시선을 내리깔더니 한동안 생각에 잠긴 채 가만히 있었다.

다른 거라…… 그가 중얼거렸다. 말 잘했군. 구라메토, 넌 이상해. 늘 그랬지. 너 혹시 초인이라도 돼? 이 세상 사람이 아닌 것 아냐?

너도 그래, 프리츠.

그래서 우리가 다른 친구들과 어울리지 못했다는 얘긴가?

그런지도 모르지. 난 옛날 그대로야.

난 안 그런 것 같아? 군복, 상처, 전쟁, 철십자훈장 때문에 내가 변한 것 같아? 분명히 말하지만, 전혀 그렇지 않아.

그렇다면, 프리츠…… 네가 그대로라면 우리가 얘기했던 관습에 따라 우리집 저녁식사에 초대할게. 바로 오늘 저녁에.

대령은 한 대 얻어맞기라도 한 듯 이마에 손을 갖다댔다. 그의 시선은 싸늘했다. 화가 치미는 모양이었다. 내 등에 총을 쏜 자들의 집에 저녁을 먹으러 간다?

그는 대답하기 전에 구라메토를 끌어안았지만 이번에는 냉담했다. 구라메토는 이 포옹을 거절로 해석하고 몸이 뻣뻣이 굳었다. 그런데 예상과 반대로 대답은 달랐다.

약속하는데 분명히 갈 거야. 그러더니 그는 상대의 귀로 다가가 속삭였다. 난 네가 네 나라의 베사를 깨뜨리리라고는 생각하지 않아.

이 마지막 말을 그는 반은 알바니아어로, 반은 옛 독일어로 말했다.

도시에 밤이 드리웠을 때 대구라메토 박사는 고뇌에 잠겼다. 지금껏 겪어보지 못한 깊은 고뇌였다. 만찬을 준비하는 소리가 들리는 동안 그는 3층 현관에서 초대 손님이 두드릴 문을 유심히 처다보고 있었다.

....

그는 예고된 시간에 정확히 도착했다. 이상하게도 그가 오기 전까지 아무런 소리도 부산함도 없었다. 마치 그가 사람들의 눈에 띄지 않으려고 도시 상공을 날아오기라도 한 것 같았다.

집주인은 이 침묵을 그렇게 해석했고, 그에게 처음 물은 것도 커튼을 치고 축음기를 끌지 하는 것이었다.

놀랍게도 상대는 이렇게 대답했다. 절대 그러지 마. 프리츠 폰 슈바베 대령이 초대에 응했으니 알바니아의 관습에 따라 음악이 울려퍼지고 등불이 환하게 밝혀져야지.

날 저녁식사에 초대해줘서 이렇게 왔네! 그가 상냥한 목소리로 말했다.

그는 웃으며 경쾌하게 부하들의 호위를 받으며 계단을 올랐다. 샴페인 상자를 든 병사 하나가 그 뒤를 따랐다.

그들은 그렇게 거실로 들어서서 안주인과 딸의 손등에 입을 맞추었다. 사위에게 짧막한 인사를 건네는 것도 잊지 않았다.

거실에 자리잡고, 샴페인을 따고, 음반을 고르는 동안 꽤 시간이 흘렀다. 알바니아의 어떤 집에서도 아직 독일군을 맞아들인

적이 없고, 독일군도 이런 장소에 발을 들여놓은 적이 없어서 생겨난 거북함 같은 것은 손님들이 식탁에 자리를 잡으면서 극복되었다.

분위기가 대번에 녹는 듯했다. 그들은 쾌활하게 건배를 했고 식탁에서 나는 소리는 샴페인 기포 소리와, 샴페인 기포 소리는 주고받는 대화와 조화롭게 어우러졌다. 대화는 지루하게 이어지지도, 어색하게 끊어지지도 않았다. 대령과 집주인은 여러 차례 귓속말을 주고받으며 학창시절의 추억과 온갖 술 이름과 여자 이름을 가지고 보란듯이 장난을 쳤다. 그러는 동안 구라메토 부인은 미소와 상냥한 눈길로 전혀 기분 나쁘지 않다는 걸 이해시켰다.

오, 하느님! 얼마 후 대령이 탄식했다. 큰 소리로 내뱉은 게 아니었는데도 침묵이 깔렸다. 그가 다시 말했다. 오, 하느님! 이런 집에 있게 되길 제가 몇 주나, 몇 달이나 꿈꿔왔는지 모릅니다!

그의 시야가 다시 흐려졌고, 그의 목소리는 몇 시간 전 시청 광장에서처럼 부드러워졌다.

이봐, 내 친구 구라메토, 황폐해지고 죽음과 증오로 둘러싸인 유럽에서 오랜 시간을 보낸 뒤로 난 오직 이런 저녁식사만을 꿈꿔왔어. 그가 나지막이 말을 이었다. 조금 전 내가 며칠 동안 내내 네 생각을 했다고 말했을 때 아마 넌 과장이라고 생각했겠지.

그런데 내가 한 말은 진심이었어. 날 믿어줘. 내가 이 슬픈 대륙에서 나를 맞아주길 꿈꿔온 집은 다른 어디도 아닌 네 집이었어.

믿고말고. 구라메토가 조용히 대답했다.

고마워, 친구. 네 집이 끌린 건 두 가지 이유에서야. 우선 네 집이기 때문이고, 또 알바니아의 집이기 때문이었지. 네가 말한 두카지니 법 때문에 말이야. 오, 집주인이여, 당신의 베사를 제게 내주시겠습니까? 이 얼마나 장엄한 말인가! 우리네 오랜 게르만족의 풍습이 네 나라의 풍습과 이토록 닮은 건 우연이 아니라고 난 늘 생각했지…… 세상이 잊어버린 이 관습법을 우리가 되살리는 거야…… 겨울 추위에 꽁꽁 얼어붙은 유럽을 떠돌며 난 이렇게 혼잣말을 했지…… 우리는 모든 걸 가졌어. 모든 것에서 승리를 거두고 있으니까. 그런데 우리에게 부족한 게 있어……

침묵을 틈타 한 장교가 건배를 청했다가 대령의 눈길을 보고는 곧 잔을 내려놓았다.

그의 연설은 점점 더 어두워졌다.

이미 말했듯이 내가 점령하라는 명령을 받았을 때…… 다시 말해…… 알바니아를 병합하라는 명령 말이야, 그때 처음 든 생각은 내가 형제의 집으로 가는구나, 였어. 어디에 있건 내 형제를 찾으리라. 그리고 이렇게 내가 왔어…… 그런데 너는……

너는?

회식자들은 서로를 쳐다보다가 집주인의 시선을 끌려고 애썼다. 마치 이 대화를 피하고 싶다고 애원이라도 하는 것 같았다.

구라메토 박사의 얼굴이 다시 어두워졌다.

넌 날 쳤어, 구라메토…… 비열하게 등뒤에서!

내가 아니야. 의사가 조용히 고쳐 말했다.

알아. 그렇지만 너도 나만큼이나 잘 알잖아. 두카지니 법에 따라 이 나라 법은 피는 피로 갚잖나…… 독일의 피가 흘렀어…… 그냥 흘린 피란 있을 수 없어……

눈을 감은 채 구라메토 박사는 판결을 기다렸다.

스물네 명의 인질이 그 피를 씻게 될 거야…… 우리가 저녁식사를 하는 동안 집집에서 인질을 잡아들이고 있어……

집주인의 얼굴은 내내 굳어 있었다. 물론 이미 그 이야기를 들었지만 명령이 철회된 줄 알았던 것이다.

이제는 모두가 그의 대답을 기다리고 있었다. 그의 굳은 입에서 무슨 말이든 튀어나올 것만 같았다. 이를테면, 왜 그 얘기를 나한테 하나? 아니면, 난 널 친구로 초대했어. 내가 너를 존중하듯이 너도 날 존중해줘. 아니면 그저 명예를 훼손당한 식탁에 대한 오랜 경구를 내뱉는다거나. 그런 다음, 법대로 창가로 가서 온 도시에 대고 독일 친구가 그의 식탁을 욕보였다고 선언하든가.

대구라메토 박사는 이와 같은 말을 전혀 내뱉지 않았다. 자신이 하려는 말이 전혀 딴소리라는 걸 그도 예감했지만, 그 순간 그의 생각은 전혀 다른 무엇에 사로잡혀 있었다.

사실을 말하자면 그건 생각이 아니었다. 부절적한 순간에 그의 머릿속에 끼어든, 갑작스럽고도 엉뚱한 무엇, 몇 시간 전 시청 광장에서 대령이 상기시킨 기이한 몽상 같은 것이었다. 눈이 멀 정도로 환한 빛 가운데, 지금껏 그에게 한 번도 닥친 적 없는 격렬한 방식으로 그는 그 꿈을 다시 꾸었다. 꿈속에서 그는 수술대 위에 누운 채 자신을 수술하는 외과의사가 다름아니라 그 자신이라는 사실을 불현듯 깨달았다. 꿈속에서도 놀랄 만큼 깜짝 놀랐지만, 무엇보다 그에게 강렬한 인상을 남긴 건 상대의 표정이었다. 상대가 그를 알아보았는지 아닌지 짐작할 수 없는 야릇한 표정이어서 그는 이렇게 말하고 싶기까지 했다. 나야. 나 기억 안 나? 그러는 사이 손에 메스를 든 외과의사는 그를 알아본 듯했는데, 거의 눈에 띄지 않을 정도의 미세한 반응이어서 마치 성가신 사람을 알아본 것 같았다. 구라메토는 다시금 이렇게 말하고 싶었다. 잠깐, 제발, 내가 안 보여? 그러니까 네 자신이 안 보이냐고? 그런데 그사이 의사는 마스크를 이미 써버려 마스크 뒤로 어떤 표정을 짓고 있는지 해독을 해내야 했다. 표정이 바뀌고 있었다. 어느 순간엔 당연히 자기 혈족에게 하듯 그에게 연민을 느끼는 듯했고, 또 어느 순간엔 반대로 그만 빼고 다른 사람에게만 연민을 보이는 것 같았다.

　그는 왜? 하고 묻고 싶었다. 그러나 마취 때문에 이미 그럴 수가 없었다. 표정은 점점 더 준엄해졌다. 이제 내가 너를 붙잡았으니 내가 너한테 어떤 일을 겪게 할지 두고 봐.

　그리고 형벌은 계속되었다. 장난이야. 네가 나인데 내가 어떻게 너를 아프게 하겠어? 그러다 곧 다시, 멍청아, 자신의 최악의 적은 자기 자신이라는 걸 모른단 말이야? 다른 사람에게서 빠져나갈 가능성은 있어도 너 자신에게서는 절대 빠져나가지 못한다는 걸 아직도 몰라? 그러더니 마스크 낀 이는 메스를 대려고 몸을 숙였고, 바로 그 순간 그는 자기 비명소리에 놀라 깼다.

　식탁에서 대령이 그에게 뭔가를 얘기하고 있었지만 그 목소리가 외부에서 들려오는 것 같아 말뜻을 이해했는지 확신할 수가 없었다. 구라메토, 네가 날 다시 살렸어. 목소리는 더없이 나지막했다. 네가 날 다시 살렸어, 너의 불행을 위해.

　확실히 그곳에서 벌어지고 있는 일은 그의 불행을 예고하고 있었다. 이미 온 도시 사람들이 그를 배신자로 여기고 있는 게 분명했다. 훗날, 며칠, 몇 계절, 몇 해가 지나고, 그리고 그가 죽고 난 뒤에, 사람들은 그를 배신자로만 기억할 터였다.

　그는 옛날 학생 침대에서 자다가 악몽에서 깨어나려고 꿈속에서 소리쳤듯이 소리치고 싶었다. 끝내 입술을 벌리기는 했지만 나온 건 비명 대신 세 마디 말뿐이었다. 그것도 더없이 아주 침착한 투로.

인질들을 풀어줘, 프리츠!

식탁 주변에 있던 모두가 굳었다.

바스(뭐라고)?

집주인은 슬픈 얼굴로 손님을 쳐다보며 거듭 말했다.

인질들을 풀어줘, 프리츠! 그는 거듭 말했다. 리베라 옵시데스!

네가 감히?……

목이 메어 대령은 말을 잇지 못했다.

네가 감히 내게 명령을 해?

그가 말을 다 내뱉기 전에 모두가 그다음 이어질 말을, 온전한 문장을 알아차렸다.

그의 얼굴 흉터가 시뻘겋게 달아오르더니 다시 새하얘졌다.

그걸 감히 라틴어로 반복해? 구라메토, 너 미쳤구나!

집주인은 어깨를 으쓱했다. 다양한 해석이 가능한 몸짓이었다.

대령이 그의 얼굴 가까이 다가왔다. 이방인이 아니라 대구라메토가 분명히 맞는지 확인하려는 듯했다.

네가 친구만 아니었……

대령이 말을 맺지 못했지만 그가 하려던 말은 모두가 이해했다. 네가 학교와 술집, 황폐해진 유럽의 친구만 아니었어도…… 이 식탁에 앉은 사람들은 모조리 끝장났을 거야.

결국 그는 냉정을 되찾았고, 이런 말 대신 구라메토의 어깨에
한 손을 얹었다. 당황해 어찌할 바를 모르는 사람을 안심시킬 때
하듯이.

목이 멘 소리로, 거의 감언이설을 하는 듯한 목소리로 짓궂은
미소까지 띠고서 그가 말했다.

넌 죽은 언어로 내게 명령을 내렸어. 친구, 그게 무슨 의미였
지?

구라메토가 부인의 뜻으로 고개를 저었지만 내뱉어진 말 중에
그가 부인하는 것이 정확히 무엇인지는 파악할 수 없었다.

식탁에 앉은 다른 장교들은 험상궂은 눈으로 번갈아가며 손을
권총 손잡이에 댔다가 샴페인 잔에 댔다 하면서 그 장면을 지켜
보았다.

대령은 다른 말을 덧붙여 질문을 거듭 던졌다. 독일어를 무시
한 것 아냐?

구라메토는 고개를 저었다.

꼭 알고 싶어. 우리 장교들도 그럴 거야. 대령이 고집스레 말
했다.

구라메토의 설명은 꽤 모호했다. 독일어와는 상관없다. 라틴어
는 그가 예전부터 좋아했고 앞으로도 좋아할 언어다. 그의 말은

충동적으로 나온 것일 뿐, 미리 숙고한 것이 아니다. 아마도 학창시절에 대한 향수 때문이었을 것이다. 학생들끼리 비밀을 얘기할 때 라틴어를 사용하던 시절에 대한 향수 말이다. 더구나 라틴어는 중립어가 아닌가…… 이 모든 격랑을 넘어선…… 우리를 넘어선 언어…… 명령을 내리지 않던 세기에 속한 언어……

대령은 한동안 생각에 잠긴 얼굴이었다. 그러더니 샴페인을 마셨다.

넌 내게 인질들을 풀어달라고 요구했어. 그가 침착한 목소리로 말했다. 그럴 이유를 한 가지만 대봐!

그들이 무고하다는 이유뿐, 다른 이유는 없어. 의사가 대답했다.

그는 사람들이 저녁식사를 하는 동안 집집의 문을 두드렸다는 이야기를 환기시켰다. 그들을 어떻게 선택한 거지? 잘못이 문에 적혀 있기라도 했나?

대령은 보복의 경우가 모두 그렇듯이 문은 무작위로 선택되었다고 대답했다. 열 집 중 하나로.

대화가 다시 진정되는 듯했는데 갑자기 대령이 목소리를 높였다.

구라메토 박사, 네가 요청한 게 바로 내가 요구하는 거야. 정의 말이야, 알잖아! 누가 내 척후병들에게 총을 쏘았지? 죄인들을 내놓으면 인질들을 당장 풀어주지. 이 자리에서 약속하겠어……

두카지니 법의 베사를 걸고!

구라메토는 대답하지 못했다.

대령이 외쳤다. 이 도시하고는 이미 협정이 체결되었어. 협정은 유효해. 죄인들을 데려오면 인질들을 풀어줄게!

구라메토는 내내 말이 없었고, 대령은 머리를 그의 이마 가까이 댔다.

만약 이 도시가 내게 죄인들을 데려오지 않는다면 네가 데려와.

구라메토는 아무 대답이 없었다.

내 형제, 구라메토. 다시 부드러워진 목소리로 대령이 말했다. 난 알바니아가 피를 흘리는 걸 원치 않아. 난 친구로서 온 거야…… 약속과…… 선물을 가지고…… 그런데 너희가 나를 공격했어……

그의 목소리는 다시 기운이 빠지고 비탄에 잠겼다.

그때까지 힘차게 서로를 응시하던 두 사람이 서로 시선을 피하기 시작했다.

그 고약한 자들의 이름을 내놔. 대령이 거의 애원조로 말했다. 이름을 말하면 인질들을 당장 풀어주겠어.

구라메토는 고개를 저었다. 오만한 기색은 전혀 없었다.

난 못해. 그리고 싶어도 그럴 수가 없어. 그들이 누군지 난 몰라.

대령은 지친 얼굴로 그의 얼굴을 뚫어지게 쳐다보았다.

난 그들의 이름을 모른다고. 그들은 이름이 없어. 구라메토가 다시 말했다.

오호, 네가 날 가지고 장난을 치겠다.

장난치는 게 아냐, 프리츠. 그들에겐 이름이 없어. 별명뿐이야.

게슈타포 소속인 듯한 한 장교가 고개를 끄덕였다.

대령이 두 손으로 이마를 감싸쥐자 집주인은 식사를 시작할 때처럼 그의 귀 가까이 다가갔다. 과부 마르타의 선술집의 비밀에 대해 농담을 주고받을 때처럼.

대령은 한동안 귀기울여 듣더니 가느다란 목소리로 내뱉었다. 구라메토, 넌 아무도 모르는 엄청난 비밀을 알고 있는 거야.

구라메토의 대답은 훗날 어떤 관점에서 보아도 믿기 힘들 만한 것이었다.

그럼에도 이제 이 만찬의 여러 단계를 추측해볼 수 있었다. 나중에 의혹을 불러일으킬 마지막 단계까지 포함해서.

구라메토의 아연실색할 대답은 이것이었다. 너한텐 안된 일이지만 인질들을 풀어줘!

못해.

이젠 대령이 의사와 똑같은 말을 했다.

넌 할 수 있잖아. 네가 할 수 있다는 거 너도 알잖아. 구라메토가 말했다.

못해.

네가 할 수 있다는 거 너도 알잖아.

이름을 모르면 별명이라도 대봐.

다른 사람들은 어안이 벙벙한 채 이 어처구니없는 대화를 듣고 있었다.

대화를 나누는 두 사람은 번갈아가며 죄지은 표정을 지었다. 귓속말이 상황을 뒤죽박죽으로 만들어 누가 명령을 내리고 누가 명령을 받는 건지 파악할 수 없게 되었다. 단연코 대구라메토 박사는 그들이 상상한 인물이 전혀 아니었다. 그들이 시청 광장에서 생각했던 것처럼, 그는 장차 총독으로 나서기에 부적합해 보이지 않았다. 한쪽 알바니아만이 아니라 양쪽 알바니아를 모두 대표하기에 손색이 없어 보였다.

그들의 대화는 번민을 감추지 못했다. 그들이 서로에게 요구하는 것은 손으로 만져질 것만큼 확실했지만, 갑자기 도달할 수 없는 것이 되고 말았다. 두 사람은 함정에 빠져 허덕이고 있는 것 같았다.

대구라메토 박사는 확실히 수수께끼 같은 인물이었다. 총독 직책도 그에게 과분해 보이지 않았다. 어쩌면 대알바니아의 훌륭한 총독이 될지도 몰랐다. 발칸반도 전체를 관할하는 총독이 될 수도 있을 것 같았다. 아흐 조(아, 그래)! 어쨌든 그의 행동은 그래 보였다. 대령이 그에게 "각하!"라고 부르는 소리를 듣게 되더라도 사람들은 놀라지 않았을지도 모른다.

프리츠 폰 슈바베가 그 말을 하진 않았지만 거의 그럴 지경이었다.

인질 일곱 명을 내주지. 그가 마지못해 수락했다.

5장

바로 그때, 벌어지고 있는 일에 두 가지 얼굴이 있다는 게 어느 정도 분명해졌다. 하나는 대구라메토 박사의 집 내부에서 보는 안쪽 얼굴이고, 다른 하나는 도시에서 보는 바깥쪽 얼굴이었다. 그때까지 분리되어 있던 두 얼굴이 불현듯 마치 최면에 빠지기라도 한 듯 전혀 자연스럽지 않은 방식으로 서로 통하기 시작했다. 이 접촉으로 두 얼굴은 줄곧 변모하면서 팽창하고 지워지고 증발했다. 요컨대 둘 모두 예전의 모습과 달라졌다.

그러나 한 가지 소식만큼은 변하지 않았다. 인질들이 풀려나고 있다는 소식이었다.

인질들은 그림자처럼 시청 광장을 떠나 도시의 도로와 골목길로 빨려들어갔다. 오래전부터 반쯤 열어둔 문들이 그들을 기다리고 있었다.

사방에서 목소리들이 커졌다. 쉿, 목소리 높이지 마. 떠들지도 말고 기뻐하지도 마. 앞으로 어떤 일이 또 닥칠지 아무도 모르니까. 저들이 생각을 바꿔 다시 잡아들일지도 모르잖아.

이 기회에 사람들은 그 어느 때보다 인질 이야기에 열중했다. 이 방면에서는 저마다 하는 말이 달랐다. 오스만튀르크인들이 하는 말은 무솔리니 군대의 말과 달랐고, 무솔리니 군대가 하는 말도 알바니아 산적들의 말과 달랐으며, 알바니아 산적들의 말은 마케도니아인들이 하는 말과 전혀 달랐고, 마케도니아인들의 말 또한 집시들의 말과 달랐다. 통치자들 사이에서도 온갖 유형을 만날 수 있었다. 야나나의 파샤*는 조급함으로 사람들을 질겁하게 하는 반면, 베라트의 파샤는 조용하고 침착했다. 그렇다고 유예기간을 넘겼을 때 인질의 머리를 베어 접시에 올려 보내지 않는 건 아니었다.

그 모든 이야기는 피해 갈 수 없는 의문을 불러일으켰을 뿐이다. 독일군들은 이 인질 석방의 대가로 뭘 받았을까? 모든 인질 이야기의 핵심이 바로 거기 있다는 걸 사람들은 잘 알았다. 납치한 내 아내를 돌려줘, 그러면 인질을 놓아줄 테니. 인질을 원해?

---

* 오스만제국의 고위 관료나 태수에게 주어지는 명예로운 칭호.

그럼 황금을, 살인범들을, 페르시아 양탄자를 내놔, 내 척후병들에게 총을 쏜 자들을 데려와!

독일군들의 요구 사항은 백지 위의 검은 글자처럼 멀리서도 선명히 보였다. 사방에 붙여놓은 통고문에서 볼 수 있었다. 테러리스트들의 이름을 대라. 그러면 인질들을 풀어주겠다!

구라메토의 집에서는 이름과 관련된 대화가 간간이 새어나왔다. 공산주의자들에겐 조국이라는 게 없다는 건 마르크스 씨 덕에 이미 알고 있었지만 그들에게 이름이 없다는 건 오늘 저녁에, 우리가 알바니아에서 보내는 첫날 밤에 이렇게 알게 되었군.

그렇게 해서 차츰차츰 이 도시에서 한창 유행인 별명들 얘기까지 나왔다. 주민들에게는 전혀 새로울 게 없었다. 친구와 함께 커피를 홀짝이고 있는데, 갑자기 그 친구가 실눈을 뜨고는 이렇게 선언해서 소스라치게 하는 거야. 잘 들어, 지금까지는 내 이름이 첼로 날바니였지만, 오늘부터는 늑대나 북극으로 바꿀 테니 그렇게 알아둬.

별명 이야기가 인질 이야기에 비해 나중에 나오긴 했어도 덜 주목받는 건 아니었다. '번개'나 '주먹'처럼 의미가 쉽게 파악되는 별명이 있는가 하면 훨씬 알아차리기 힘든 이름도 있었다. '허공에 뜬 머리' '비타민 C' '만돌린을 켜라' '우연히발길이닿은좁은골목길에서그리스어로내게인사하지마'처럼 긴 별명은 정말이지 해독이 불가능해 보였는데 서면 보고서에 적어넣기에도 결코 편리하지 않았다. 이를테면 "적군 X의 도발에 우연히발길이 닿은좁은골목길에서그리스어로내게인사하지마가 이러저러하게 응수했다……"는 식이 될 것이기 때문이었다.

독일군이 빈손으로 철수하지 않으리라는 건 자명했다. 그들이 정말로 어떤 이름을 알아냈는지, 아니면 '개똥지빠귀가 없으면 티티새라도 먹는다'라는 속담처럼 별명을 알아낸 걸로 그쳤는지에 대해서는 전혀 정보가 없었다. 매우 용의주도한 저들이 어쩌면 이름과 별명 둘 다 얻어냈을 거라고 생각할 수도 있었다. 때로는 밀가루와 밀기울을 함께 사듯이 말이다.

대화는 온갖 방향으로 나아갔지만 문제의 핵심에서 벗어나지는 않았다. 이름이 되었건, 별명이 되었건, 아니면 둘 다가 되었건, 대구라메토의 행위는 배신이었을까 아니었을까?

천년 동안 토론을 해도 두 반대 진영이 의견 일치를 보지 못하리라는 건 모두가 알았다. 더구나 그들은 이런 유의 사건에 있기 마련인 제삼자들의 의견에 맞서 서로 동맹이라도 맺었을 것이다. 중도파로서 내부에서 외부 사람들을 판단하기 어렵듯이 바깥에서 내부의 누군가를 판단하기도 어렵다고 생각하는 제삼자의 의견 말이다. 그런 식으로 이어지다보면 다시 긴장의 끈이 팽팽해지고 어떤 목소리가 이렇게 외치는 것이다. 그러니까 도대체 저기서 무슨 일이 일어나고 있다는 겁니까?

겉으로 드러난 모습은 여전히 두 가지 형태를 띠었다. 하나는 한 손에 샴페인 잔을 들고 기뻐하는 구라메토 박사, 다시 말해 별명들의 왕국에서 나온 것처럼 얼근히 취한 형태였다. 다른 하나 역시 구라메토와 관계된 것이었지만 이번에는 준엄하고 극적인 형태였다. 수갑을 찼다고는 할 수 없지만 관자놀이에 권총이 겨눠진 모습이었다. 후자의 경우는 마누라의 치마폭에 숨어 새끼 토끼처럼 벌벌 떠는 상대, 소구라메토 박사의 이미지가 동반되었다.

인질 한 무리가 다시 풀려났다. 처음 풀려난 인질들과 마찬가지로 그림자처럼. 소리 내지 마, 잔치 벌이지 마, 너무 성급하게 좋아하지 마 같은 속삭임이 들릴 뿐이었다. 틀림없이 이 석방으로 사람들은 늘어난 인질들의 수를 세었을 테고, 그 셈을 통해 모두가 석방되려면 얼마나 많은 이름과 별명이 필요할지도 계산했을 것이다.

수세대 전부터 이 도시의 특성이 되어온 셈에 대한 강박증이 그 어느 때보다 극에 달했다. 사람들은 이름이나 별명 하나를 고발하는 대가로 석방될 수 있는 인질의 수를 현기증 나는 속도로 계산했다. 물론 별명은 이름의 값에 비해 견적이 낮았다. 일반 화폐의 가치가 금화에 비해 낮은 것과 거의 같은 이치였다.

다른 사람들은 인질과 이름, 또는 인질과 별명의 관계를 계산하기보다 구라메토의 집에서 흘러나오는 음악에 관심을 집중했다. 그 음악에 어떤 메시지가 숨겨져 있지는 않은지 알기 위해서였다. 달리 말해, 인질 석방 직전에 음악이 바뀌었던가? 이를테면 더 경쾌해졌던가 아니면 그대로였던가? 어떤 때는 그렇게 들렸고, 또 어떤 때는 그렇지 않았다.

세번째로 가장 많은 수의 인질들이 느닷없이 풀려났을 때 사람들 대부분은 독일군들이 정말이지 정신이 나갔다고 생각했다. 혹은 대구라메토 박사의 배신 행위가 이해할 수 있는 정도를 넘어섰다고도 생각했다. 그런데 대구라메토를 지지하는 사람들은 비록 그 수는 적었지만 참으로 열광적이어서 대구라메토가 시대를 통틀어 최고의 인질 해방자이며, 만찬 동안 그가 알바니아의 총독 자리에 임명되었다는 소식이 베를린에서 왔는지도 모른다고 믿었다. 지금 일어나고 있는 기적을 그 사실로 설명할 수 있으며, 결코 어떤 배신 행위 때문이 아니라는 것이다. 역시 이 지지자들의 말에 따르면, 관자놀이에 권총을 겨눈 장면 자체는 사실이었지만 결코 묘사한 대로는 아니었다. 어느 한쪽이 상대의 관자놀이에 총구를 댔으나 그건 프리츠 폰 슈바베 대령이 아니었다. 반대로 구라메토 박사가 무기를 들고 명령을 내렸던 것이다. 프리츠, 인질들을 풀어줘!

이 지지자들은 우둔한 자들로 취급당했지만 그래도 자정 전까지 인질이 모두 풀려나는 걸 보려는 희망은 곳곳을 파고들었다.

그런데 고서들에 적힌 것처럼 행복하다고 너무 기뻐하지는 말아야 했다. 희망은 막 날아오르려던 바로 그 순간에 칼날에 베이듯 절단되어버렸다. 축음기 소리가 드높이 울려 나오던 집에서 차갑고도 단호한 소식이 벽을 뚫고 들려온 것이다. 스톱! 할트(정지)! 독일군들이 선언했다. 이 도시를 위해선 할 만큼 했어! 그리고 그들은 독일의 고결한 영혼, 니벨룽겐, 베토벤, 연민, 기타 등등에도 한계가 있다고 덧붙였다. 어느 누구에게도 이만큼한 적이 없었어! 이젠 그만!

대체 무슨 일이 있었던 걸까? 이렇게 돌변한 이유는 무엇이었을까?

늘 하던 대로 사람들은 알바니아의 오랜 죄악에서 그 이유를 찾았다. 사람들이 주장하기를, 여자들을 납치했을 때마다 분명히 샘물이 말랐다고 했다. 일정한 시차를 두고 파견된 토벌대는 북을 치며 광분해서 이웃 그리스에 폐허와 재만 남겼다. 보스코포여 화재에도 이 도시는 멀리서이긴 해도 연루되어 있었다. 그리고 마지막으로 제국의 판사들이 은제 손목시계를 찬 손에 든 가방 속에는 선고문과 공포로 가득한 낡은 법령집이 잠들어 있었다.

이것은 떠들썩하고 명백히 눈에 띄는 공공의 죄악들이었지만 감당하기에 훨씬 무거운 건 개인의 죄악, 그림자의 죄악이었다. 시트와 레이스와 커튼의 순백색은 눈을 부시게 만드는 게 아니라 기억에서 떠나지 않는 근친상간을, 명예를 훼손당한 새 신랑 신부를, 대저택 현관 안쪽 차양 아래서 숨을 거둔 노인들을 상기시켜 소름이 돋게 했다.

그들은 이 모든 이유를 떠올렸다가 의혹을 품으며 끝내 의견을 철회했다. 그러다 마침내 인질 석방이 중단된 이유를 찾았다. 유대인 야코엘 때문이었다.

그들이 정말 몰랐을까, 아니면 그가 다른 사람들과 섞여 있으면 눈에 띄지 않을 가능성이 더 많으리라는 희망으로 그를 은폐했던 걸까?

독일군들이 우연히 그들의 그물에 희귀한 물고기가 한 마리 걸려들었다는 걸 알았는지 몰랐는지조차 전혀 모르면서도 그들은 대구라메토 박사와 프리츠 폰 슈바베 사이에 오갔을 대화의 극적인 반전을 기어코 이렇게 묘사했다.

대구라메토 박사, 넌 우리의 베사를 깨뜨렸어. 여기 유대인이 한 사람 있잖아!

유대인? 그래서?

그래서라니? 너도 잘 알잖아. 유대인은 석방할 수 없어.

유대인이나 알바니아인이나, 그게 그거지.

아냐. 전혀 달라, 구라메토. 아니지, 아니고말고!

프리츠, 알바니아인은 자기 손님을 절대 팔아넘기지 않는다는 것 잘 알잖아. 유대인은 이 도시의 손님이야. 알잖아, 우리는 우리의 보호를 받는 사람들을 팔아넘기지 않아.

두카지니 법에서는 그게 금지되어 있나?

선술집에서 이미 얘기했었지. 천년 전부터 그래왔어.

대령은 머뭇거리는 듯하더니 고개를 저었다.

두카지니 법은 제국의 적이야. 난 모두를 석방해도 유대인만은 못해.

그건 안 되지.

돼.

우리가 같이 얘기했잖아…… 그…… 선술집에서. 네가 예전의 네가 아니라면 모르겠지만…… 구라메토가 목멘 소리로 말했다.

벼락이 바로 옆에 떨어진다해도 이 말보다 더 그를 공포에 질리게 만들지는 못할 것 같았다.

대구라메토 박사, 내가 예전과 달라졌다고 의심하는 거야?

두 사람은 싸늘한 눈길로 서로를 뚫어져라 탐색했다.

그런 의심은 하고 싶지 않아. 넌 분명히 그대로야. 구라메토가 지친 목소리로 내뱉었다.

조금은 안도한 듯, 프리츠 폰 슈바베가 그 참에 마스크를 고쳐
썼다.

시간이 꼬리를 물고 이어졌다.

어둠에 잠긴 시청 광장에는 인질 마흔 명이 남아 추위에 떨고
있었다. 그들 사이에 다른 이들보다 더 바짝 얼어붙은 유대인 야
코엘이 있었다. 그는 이렇게 말하고 싶었다. 날 풀어줘요. 내 목
숨을 구해줘요. 그러나 턱뼈가 말을 듣지 않았다. 그의 주위엔
고요와 적막만이 감돌았다. 사사건건 불협화음을 내던 민족주의
자들, 왕정주의자들, 공산주의자들이 참으로 오랜만에 처음으로
그를 놓고 의견 일치를 보았다. 야코엘은 울고 싶었지만 눈물조
차 나지 않았다.

구라메토의 집에서도 아무도 말이 없었다. 축음기만이 계속
돌아가고 있었다. 모두들 번갈아가며 곁눈으로 대령을, 그러고
는 의사를 살폈지만 무슨 영문인지 전혀 알지 못했다. 모든 게
혼란스러워 보였다. 마치 베를린에서 두번째 명령을 보내 대구
라메토 박사의 총독 임명을 철회하여 권력이 다시 프리츠 폰 슈
바베의 손으로 넘어간 것만 같았다.

그동안 두 사람 모두 지친 기색이었다.

대령이 일어나 몸소 축음기의 음반을 갈았다. 그는 슈베르트의 〈죽음과 소녀〉를 골랐고, 모두가 이젠 희망이 없다는 걸 깨달았다. 일 분 일 분이 도무지 끝나지 않을 것처럼 흘러갔다. 기관총 난사를 기다리며……

새벽닭 울음소리가 들렸다. 민간신앙에서는 닭 울음이 귀신을 쫓는다고 믿었다.

갑자기 의사와 대령 사이에 입에서 귀로 긴 귓속말이 이어지더니 상황이 완전히 달라졌다. 무슨 일이 벌어졌는지, 왜 철십자 훈장을 단 프리츠 폰 슈바베 대령이 숨을 깊이 들이쉬고 나서 인질을 석방하라는 명령을 내렸는지는 누구도 설명하지 못할 것이다. 인질 일부가 아니라 전부를.

분위기가 호전되었다. 그들이 도착한 순간 이후로 이제야 제대로 만찬이 이어지는 것 같았다. 밤색 머리카락을 최신 유행 스타일로 매만진 매혹적인 구라메토의 딸이 화합을 축하하기 위해 음료 쟁반을 들고 나왔다. 모두가 다른 생각을 하는 척하면서도 그녀의 미모에 주목했다. 한 사람 한 사람 모두가 그녀에게 마음을 홀딱 빼앗겼다. 전쟁 때문에 옴짝달싹 못하는 사내들이 그렇듯이. 한편 그녀도 똑같은 감정을 느꼈다. 처음으로 이렇게 사내들이, 하나같이 죽음과 약혼한 기사 같은 사내들이 모인 위험한 자리에 있게 된 그녀는 주체할 수 없는 갈망에 사로잡혔다. 바닥

모를 공허를 채우려 드는 사람들처럼…… 그녀의 마음은 석고처럼 창백한 그녀의 얼굴에서, 음료를 나누어주는 떨리는 손에서 역력히 드러났다. 먼저 그녀는 대령에게 쟁반을 내밀었다. 그녀의 손가락이 떨리는 걸 확인하고서 대령은 불신의 눈길로 그녀를 올려다보았다. 그러나 어느새 딸은 아버지, 어머니, 뒤이어 다른 사람들에게, 그리고 살짝 망설이다가 그녀의 약혼자에게도 쟁반을 내밀었다.

그들은 잔을 비웠고, 두번째로 닭 울음소리가 났을 때 "춤 볼(건배)!" 하고 외치는 소리가 축음기 소리에 뒤섞였다. 딸이 가벼운 걸음으로 거실을 채 떠나기도 전에 기진맥진한 회식자들은 한 사람씩 되는대로 소파에, 소파 아래에, 양탄자에 쓰러져 죽음 같은 잠에 빠져들었다.

···

눈부신 햇빛에 아마 구라메토의 딸이 깨어난 모양이었다. 그녀는 몇시쯤 되었으며, 왜 자신이 부모의 방에 있는지, 옷을 입은 채 침대에 누웠을 때 모습 그대로인지 알지 못한 채 잠시 그대로 있었다.

하느님 맙소사, 제가 무슨 짓을 한 거죠? 그녀는 한 손으로 이

마를 짚으며 공포에 사로잡혀 혼잣말을 했다.

집안은 고요했다. 그녀는 힘겨운 임종을 맞고 있는 사람이 내는 듯한 헐떡임이 들려오는 거실 쪽으로 걸음을 옮겼다.

그녀는 사람들을 발견했다. 밝아오는 빛이 덮친 그곳에서 입을 벌리거나 팔짱을 낀 채 쓰러져 있는 사람들을. 아버지, 약혼자, 어느 장교가 무릎을 베고 있는 어머니. 그리고 마스크를 미처 벗지 못한 대령이 보였고, 거대한 단체 조각상처럼 하나같이 납빛으로 굳어 있는 다른 사람들이 눈에 들어왔다.

그녀는 축음기 쪽으로 몸을 돌렸다. 바늘이 계속해서 돌아가는 음반 끝에 이르러 헐떡이는 소리를 내고 있었다. 혼자 살아남아 독살의 범인으로 몰릴 생각을 하니, 그녀는 등골이 오싹해졌다.

6장

　팍스 게르마니카*. 태양이 도시 맞은편, 네머르츠카산 능선 위로 떠올랐다 '태산' 너머로 졌다. 이 궤도는 누구나 알고 있는 것이어서, 쌍안경이 등장한 뒤로 네다섯 명의 괴짜들이 작은 오페라글라스를 손에 들고 매일 첫 아침 햇살을 살피는 것은, 마치 해의 출현을 의심이라도 하는 것처럼 보였다.

　9월 중순의 잊지 못할 밤 이후 처음으로 마치 매머드 시대처럼 아무도 못 보는 해가 떴다.

　이유는 분명해 보였다. 밤을 새우느라 기진맥진해서 모두가 잠들어버렸던 것이다.

---

　* Pax germanica. 라틴어로 '독일에 의한 평화'라는 뜻.

이날의 기상은, 얘기하려면 허다한 날과 수많은 잔의 커피가 필요할, 그 자체로 엄청난 사건이었다. 그들은 잠이 그들을 덮친 자리에서, 현관에 널브러졌거나 다락 들보에 걸터앉았거나, 지하실과 계단에 뿔뿔이 쓰러져 있는 자신들을 발견하고는 깜짝 놀라, 여기가 어디지? 하는 질문에 대답해보려고 애썼다. 시간과 날짜는 몰라도 적어도 무슨 요일인지, 몇월인지 정도는 기억해내려고 말이다.

무슨 일이 일어난 거지? 가장 골치 아픈 이 질문은 마지막에야 떠올랐다. 사건을 떠올리지 못하게 좀더 막으려는 듯 두터운 장막이 바로 드리웠다. 그 장막 너머에서 이야기는 마치 스스로 두려워하듯 흐릿해 보였다.

축음기 음악이 가장 먼저 장막 너머로 새어나왔다. 그러다 차츰 어렵사리 인질들의 불안이 떠올랐다. 그런데 그 불안은 사건을 명확하게 밝혀주기는커녕(80명이 일 분 일 분 겪은 사건이었기에 가설이나 어설픈 판단 따위가 끼어들 자리가 없었다) 오히려 정반대의 효과를 냈다. 모든 게 흐릿해진 것이다. 기계적으로 모든 잘못을 서로에게 떠넘기는 공산주의자나 민족주의자 같은 외부의 관점 때문이 아니라, 인질들 자신 때문이었다. 인질들 중 일부는 또다시 체포당할 경우, 거기 당신, 당신은 벌써 두번째로 잡혀 오는 거잖아, 라는 소리를 들을까 겁이 나서 자신들이 인질이었다는 걸 인정하고 싶어하지 않았다. 반면에 인질이 아니었던 사람들이, 알 수 없는 이유로, 어쩌면 허세로, 시청 광장에서 기관총을 마주하고 서 있었노라고 얘기하고 나섰는데, 넘치는 확신을 갖고 얘기해 사실보다 더 사실 같았다.

인질들의 당혹감은 다른 사람들에게도 전염되었다. 깊이 뿌리내린 전통에 따라, 사람들이 잘 기억하지 못하는데도 여전히 잊을 수 없는 사건으로 규정된 이날의 사건들이 하나씩 수줍게 차츰 떠올랐다. 도시 초입에 매복한 항독 저항군들은? 이날 일어난 일을 정확히 아는 이는 신뿐이었다. 자취도 증언도 없었고, 독일 사이드카가 길을 거슬러올라가며 도로에 남긴 것으로 보이는 두 개의 검은 자국뿐이었다.

공산주의자들은 영웅적이었다고 평가하고, 민족주의자들은 도발이었다고 평가하는 공격이 분명히 있었는지도 모르지만, 어쩌면 독일군들이 보복을 합리화하기 위해 지어낸 얘기인지도 몰랐다.

하지만 후자의 경우라면, 공격이 세 진영 모두에 득이 되었다는 생각은 독일군에게 항복의 신호를 보낸 것처럼 여겨졌던 백기 이야기와는 잘 맞아떨어지지 않았다. 그걸 쉽게 신기루라고 치부할 수는 있겠지만 누구에게 신기루란 말인가? 현지인들에게 아니면 점령군들에게?

구라메토의 집에서 있었던 그 유명한 만찬 사건이야말로 명백히 가장 불가사의했다. 사건은 마치 동화처럼 대구라메토 박사와 독일인 동창 사이의 젊은 시절 우정에서 시작된 것이다. 이 나라 민간 정서에 완벽하게 들어맞았다. 옛 민요에서 볼 수 있는 만남의 소재…… 결혼한 여자가 누이라는 사실이 첫날밤에 몸의 징표 덕에 밝혀져 근친상간을 겨우 모면하게 된다는 식의 이야기……

그다음 이야기는 더더욱 우화 같았다. 저녁식사 초대, 인질의 분할 석방…… 그리고 절정이라 할, 구라메토의 집에서 맞이한 새벽의 일은 말할 것도 없었다…… 뻣뻣하게 굳어 거실에 널브러진 독일군들을 의사의 딸은 자신이 독살한 줄 알았다. 예수가 부활했을 때처럼 한 사람이 아니라 한 무리의 예수처럼 그들이 차례대로 부활하기 전까지는…… 그렇지만 그만두자! 이 무슨 수치스러운 일인가. 더는 말을 말자. 이런 객설을 늘어놓는 건 부끄러운 일일 뿐 아니라 죄악이다.

한 가지 세부 사실이 가로막지 않았더라면 이 모든 것들은 틀림없이 큰 소리로 얘기되었을 것이다. 축음기의 음악 말이다. 그 음악은 밤새도록 울려퍼져 모두가 들었고, 존경할 만한 사람일수록 변덕도 기이한 까닭에 이 도시 사람들이 이미 익숙한 여러 기행 중 하나로, 그것을 구라메토의 기행으로 해석한다 하더라도 점령 당일 밤에 올빼미처럼 축음기를 틀 기괴한 생각을 떠올렸다는 점은 여전히 설명하기 힘들었다.

전례없는 이 마비 상태의 원인을 파악할 수 없다보니 사람들은 비뉘 현상 같은 초자연적인 현상 쪽을 뒤지기 시작했다. 비뉘는 천년의 기다림 끝에 마침내 늑대가 새끼 양을 채듯 낮을 납치해 사십 시간이 넘도록 품고 있다가 전속력으로 달아나 시간의 소용돌이 속으로 사라졌다고 한다.

그런데 성찰이 명확해질수록 눈도 모든 상황을 고려하는 능력을 되찾았을 것이다. 이를테면 시청 광장 철문 양쪽에 두 개의 하켄크로이츠 깃발이 걸려 있었다. 맞은편에는 얼마 전 창설된 알바니아 헌병대 모집을 알리는, 독일어와 알바니아어 두 언어로 된 커다란 벽보가 걸려 있었다. 옆문 앞에는 노인들이 새벽부터 길게 줄지어 서 있었다. 독일군들은 계급장과 이상한 휘장을 단, 노인들의 괴이한 옷차림과 망토를 놀란 눈으로 주시했다. 망토 안주머니에는 광대한 오스만제국 전역에서 사용했던 도장과 검인이 찍힌 판결문과 규탄서와 임명장 등이 들어 있었다.

2층 사무실 한 곳에서는 알바니아 통역이 노인들의 긴 경력을 독일어로 옮기느라 애를 먹고 있었다. 노인들은 그 경력을 믿고서 무엇보다 징집될 수 있으리라 기대했다. 그들은 특히 다양하고도 극단적인 징벌을 강조했다. 교수형이나 참수형과 같은 흔한 형벌이 아니라 살가죽 벗기기, 신체 절단, 끓는 물에 집어넣기, 뱀이 우글거리는 차가운 물에 집어넣기 등과 같이 극단적인 형벌이었다. 또한 고릴라를 이용한 교살을 언급하기도 했고, 생매장으로 말하자면 머리와 상체를 밖에 내놓는 파가 있는가 하면 거꾸로 실행하는 파도 있었다. 그런 식의 언급이 계속되자 독일군 장교가 나서서 그들의 말을 자르며 에두른 표현으로 감사의 뜻을 전하고, 형벌이라면 독일에도 고유의 풍습이 있다고 설명한 뒤, 아무리 그래도 독일의 제3제국이 몽골 왕국은 아니지 않느냐고, 노인들이 듣기에 썩 상냥하지 않은 말을 덧붙였다.

그사이 시 일간지인 〈데모크라시〉가 다시 간행되었다. 수도에서 들려오는 소식들은 암울했다. 로마 도끼를 빼버리고 옛날 국기를, 쌍두독수리가 그려진 진짜 국기를 내세우면서 나라는 망명중인 정부를 곧 되찾아올 참이었다. 왕의 귀환을 기다리는, 각 종교의 대표 네 명으로 구성된 섭정 체제까지도.

벌써부터 제2의 알바니아라고 불리는 코소보에서 들려온 소식은 훨씬 유쾌했다. 신문들은 이방인 방문객의 말을 제목으로 인용하기까지 했다. "반쪽짜리 알바니아를 가졌던 알바니아 사람들이 만나서 하나가 되겠군요." 시청 카페에서는 기다려봅시다, 기다려봅시다, 라는 말이 들려왔다. 이제 시작일 뿐입니다. 제3의, 제4의 알바니아가 있을 겁니다. 행복에 취한 가운데 이따금 머뭇거리는 질문이 들려왔다. 제3의 알바니아는 제 생각에 차머리아가 될 것 같은데, 제4의 알바니아는 어디서 나올지 모르겠군요. 제4의 알바니아도 분명히 나올 겁니다, 라고 어떤 목소리가 대답했다. 바로 우리가 전혀 생각지 못한 곳에서 나올 겁니다!

이 소식들은 급조된 시립 악단이 매일 연주해대는 활기찬 가락에 실려 그럴듯하게 들렸지만, 밤이 되어 공산주의자들의 전단이 비 오듯 쏟아지면 모든 게 의심스러워졌다.

전단에는 이런 말들이 적혀 있었다. 아무것도 믿지 마십시오. 이 모든 요란법석을 통해 점령군과의 협력을 합리화하려는 것입니다. 두 개의 알바니아도 없을 것이고, 제3의, 제4의 알바니아는 말할 것도 없습니다. 자칫 경솔하게 굴었다간 우리에게 남은 가련한 반쪽마저 잃게 될 것입니다.

전단은 이런 말로 끝을 맺었다. 오늘이 아니면 영원히! 이 말은 양 진영에서 한 세기 전부터 사용해온 것이어서, 오늘이 무엇을 의미하며 영원히는 또 무엇을 의미하는지 파악하기가 그만큼 어려웠다.

이런 혼란은 대개 누구라도 불면증을 겪게 해, 무정부 상태를 무엇보다 싫어하는 사람들은 아침이 되면 질서를 그리워하며 퀭한 눈으로 시청 광장으로 가서 카페에 앉아 흥겨운 음악소리에

파묻힌 채 신문을 읽고 또 읽었다.

그런데 평화의 시기에 대한 그리움은 뉴스와 정부의 성명과 음악보다는 다른 세부 사실에서 드러났다. 바로 두 의사였다. 모두 이름난 외과의인 대구라메토 박사와 소구라메토 박사가 알바니아 왕정 시절이나 그뒤의 이탈리아-알바니아-아프리카 3국 왕정 시절, 그리고 이제, 일부 사람들이 부르는 명칭인 게르만 알바니아 체제 아래서도 매일 도시의 새 병원에서 일을 한다는 사실이었다. 그 병원은 다름아닌 렘지 카다레의 옛 저택으로, 소유주가 석 달 전에 노름에서 잃은 것이었다.

두 사람이 (축음기가 있었건 없었건, 만찬이 있었건 없었건, 추락과 만회를 거듭해온 그들 그 자체로) 존재하는 한 지구는 계속 돌아가리라는 확신이 생겨났다.

*

사실 사람들 모두가 이리 휩쓸렸다가 저리 휩쓸리곤 했다. 도시가 낭떠러지 끝에 서 있는 듯한 날들도 있었다. 그러다 마지막 순간에 용케 추락을 면했다.

겨울로 접어들면서 사람들은 낭떠러지로 떨어지는 일은 없으리라는 걸 깨달았다. 보아하니 공산주의자들의 무장투쟁 촉구와 민족주의자들의 평화투쟁 촉구가 맞바람처럼 뒤섞여 이쪽도 저쪽도 아닌 중립지대가 생겨난 것 같았다.

불행은 전혀 예기치 않은 끔찍한 형태로 들이닥칠 예정이었다. 도덕적인 추문의 형태였다. 일간지 〈데모크라시〉에 따르면 전쟁으로 불탄 유럽 대륙에서 유일한, 전례없는 추문이었다. 시 공무원인 부페 하산이 지하실에서 독일인과 수치스러운 행각을 벌이다 발각된 것이다!

지진이 일어났더라도 온 도시를 이렇게 발칵 뒤집지는 못했을 것이다. 수치심과 더불어 사람들의 머리에 가장 먼저 떠오른 생각은 이번에도 역시 폭파였다. 이 처벌은 피할 길이 없을 게 분명했다. 이번에는 충분히 받을 만한 처벌이었다. 상상할 수 있듯이 많은 사람들이 달려가 도움을 청하자 대구라메토 박사는 하늘로 두 팔을 들어올리며 말했다. 이번엔 저도 어쩔 수가 없네요! 산부인과의사로서 여자 문제라면 부득이한 경우 프리츠 폰 슈바베라도 찾아갈 수 있겠지만 이 일은 그의 능력 밖의 영역이라고 했다……

도가 지나쳤어! 이 말이 모두의 입술 위에서 달싹였다. 이 고장 여자들을 대할 때 당혹스러움에 가까운 독일군들의 조심스러운 태도도 삐딱하게 받아들여졌다. 한쪽이 다른 쪽을 강간하지 않는 전쟁은 상상하기 힘든데 독일군들이 이 도시에서 그 권리를 행사하지 않으니, 도시는 문득 승자의 역할이 자신에게 주어졌다고 느끼고서 그때껏 세심히 감춰두었던 불한당의 기질을 한껏 발휘했다.

그렇게 독일군들은 두번째 공격을 당한 것이었다. 지난해 길에서 당한 첫번째 공격과 달리, 이번 희생자는 소녀처럼 우아한 금발의 신병이었다. 이런 차이는 있었지만 그들이 보복으로 도시를 폭파시키더라도 아무 할말이 없을 터였다. 심지어 그 정도면 아주 작은 보복인 셈이다.

그런데 이렇게 따져 묻는 사람들도 있었다. 왜 "수치스러운 일이야!"라고 거듭 외치며 머리카락을 쥐어뜯는 겁니까? 그건 전쟁도 평화도 거부하는 정책이 낳은 논리적인 결과였을 뿐인데요. 당신들이 바란 것 아닙니까? 전쟁도 평화도 아닌 상태 말입니다. 그래요, 바로 그것이 지하실에서 당신들을 노리고 있었던 겁니다……

사실 부패 하산 사건은 좀더 거리를 두고 보면 교훈이 될 만했다. 그 사건은 그사이 잊혔던 대구라메토 박사의 만찬과 유사한 데가 있었다. 그 만찬과 마찬가지로 지하실 사건은 두 가지로 해석될 수 있었다. 사람들이 즐겨 거듭 말하듯이, 이건 결코 알바니아의 경우만이 아니라 세계적인 무엇과 관계된 사건이었다. 이를테면 뮌헨 협정을 생각할 수 있을 것이다. 부패 하산의 이름을 네빌 체임벌린*의 이름과 뒤섞는 건 터무니없을지 몰라도 사건의 핵심은 비슷했다.

그사이 두려움과 수치심이 곳곳에 떠돌았다. 두려움이 가실라 치면 수치심이 그 위를 덮쳤고, 때로는 그 반대였다.

또한 다른 움직임들도 꾸며지고 있었다. 어떤 것들은 공공연히, 또 어떤 것들은 비밀리에. 이를테면 부페의 두 아들은 도시에 폭발이 일어나 모든 문제를 송두리째 해결하기 전에 남색을 즐기는 아버지를 죽이려고 폭탄을 늘 준비해두고 있었고, 완전히 새롭게 구성된 정부의 새 총리 메흐디 프라셰리도 이 도시에 들이닥쳤다. 가장 유명한 알바니아 가문의 후손으로서 가장 유력한 국가원수 후보인 그가 이렇게 비열한 사건으로 첫번째 직무를 개시해야만 한다는 생각에 온 도시가 거북해했다.

그의 도착과 떠남은 아주 은밀히 야간에 이루어졌다. 방문 목적을 보면 최소한 갖추어야 할 것이었지만 만찬도 축음기 음악도 없었다. 그런데도 다시 조용해지기까지는 시간이 걸렸다.

그럼에도 불구하고 알바니아의 두 수도, 내부적 수도인 티라나와 외부적 수도인 프리스티나로부터 평화적인 소식이 들려왔

* 1937년 영국 총리가 되어 뮌헨 협정에서 히틀러의 요구를 모두 들어주며 전쟁을 막으려 했으나 제2차세계대전이 발발하자 이듬해 이에 대한 책임으로 총리직에서 물러났다.

다. 공산주의자들의 수장을 체포해 눈을 뽑은 뒤 티라나의 에템베이 모스크에서 시신을 닦는 일에 배속했다는 것이다. 그의 조상들이 가졌던 직업이었다.

다른 것과 마찬가지로 부페 하산의 중죄도 기억 속에서 희미해졌다. 돌풍이 휩쓸어 얼마 안 되는 잔해만 나뒹굴고 대기 중에는 몇 마디 모호한 말만 맴돌았지만 그마저도 점차 사라졌다.

엄마, 부페 하산 삼촌이 독일인 아저씨랑 지하실에서 뭘 하고 있었어요? 어린아이가 불쑥 던진 질문 앞에 당혹해하는 등 이런저런 사소한 일은 있었지만 결국 평온은 찾아왔다.

질서가 다시 자리잡았음을 말해주는 가장 확실한 신호는 두 의사에게 쏠린 관심이었다. 더 정확히 말하자면 한쪽과 비교해서 다른 쪽에 대해 내놓는 가설들이었다. 사람들이 일출과 일몰에 길들듯 그 일에 길들어 있어, 최근 풍조에 지속적으로 몰두하기엔 보아하니 너무 늦은 것 같았다. 예전처럼 두 사람 사이의 경쟁 관계는 곧 국제 정세와 연결되었다. 그걸 보면 독일의 상황이 그다지 잘 풀려나가지 않는 것 같았다. 언뜻 보기엔 대구라메토 박사가 타격을 입은 것이라 생각할 수 있었다. 그러나 대구라메토의 추락은 오직 소구라메토 박사와의 관계에 달린 것이어서, 사람들은 독일의 패주로 이탈리아를 제외한 모두가 이득을 얻을 것이며 어떤 경우가 되었건 소구라메토가 그 대가를 치르게 될 것이라는 사실을 떠올렸다.

이제는 두 사람 모두 카다레 대저택의 2층에 자리잡은 새로운 외과 병동에서 일했다. 죽음을 마주하는 그곳에서는 적어도 사람들이 한결 차분한 태도를 보일 거라고 흔히들 생각했다. 그런데 정반대였다. 내란의 진짜 얼굴을 보고 싶은가? 가서 두 구라메토가 일하는 모습을 보라. 이것이 지역 일간지의 통신원이 쓴 내용이었다. 피 묻은 붕대, 증오나 공포가 서린 울부짖음. 환자들은 죽음이 가까이 있다는 사실에도 전혀 진정하지 못했을 뿐 아니라 시간이 다했을까봐 겁나는지 앞다투어 짜증을 쏟아냈다. 이것이 엄청난 욕설과 거친 숨소리와 "조국의 배신자!"라는 고함이 뒤섞인 요란법석이 벌어진 이유였다. 당연히 이 모든 소란에는 공격이 뒤따랐는데, 그들은 약병과 주사기를 던지는가 하면, 심지어 잘린 팔까지 던져댔다. 어떤 환자가 감정적인 이유라고 주장하며 얼마간 보존해달라고 부탁했으나 사실은 난투극을 위해 따로 빼둔 것이었다.

역시 그 기자가 쓴 기사를 보면, 두 구라메토는 이런 감정 폭발을 잘 참아내지 못했으며, 피가 뚝뚝 떨어지는 메스와 핀셋을 든 채 서로에게 달려들 수 있도록 잠시 휴식 시간이라도 갖기를 꿈꾸는 것 같았다고 했다.

저녁이 되면 또다른 사람이 위층에서 벌어지던 법석을 교대로 떠맡았다. 이 저택의 전 소유주인 렘지 카다레는 신음소리가 자기 자신의 것이라 확신하고 군용 모포에 몸을 만 채 신음소리에 자기가 지어낸 욕설을 잔뜩 보냈다. 그는 자신의 옛 거주지를 늙고 행실 나쁜 더러운 창녀처럼 취급했다. 그러곤 투덜거렸다. 꼴좋다! 이젠 피오줌 쌀 일만 남았군! 네년의 이중적인 행실을 내 진작에 알고 있었지. 네년은 내가 돈을 투자할 만했지! 네년에게 내가 돈을 걸었다가 잃었다고. 이 추잡하고 더러운 매춘부!

저녁은 내내 쌀쌀했고, 그는 담요 속으로 점점 더 깊이 파고들었다. 머리까지 집어넣은 그가 흥얼거리는 소리가 들리는 것도 같았다.

드넓은 우리집이 병원으로 변하다니
어머니, 제가 꿈을, 아니 악몽을 꾼 걸까요?
어머니, 깨어보니 흐느낌에 숨이 막힙니다.
집을 태워버리고 싶고, 도박으로 탕진하고 싶었어요.
그렇게 했어요, 어머니. 그리고 이렇게 홀로 남았어요.
아내는 야니나로 떠났고, 어머니는 세상을 떠나셨죠.
렘지는 제 이름이고, 제 성은 카다레입니다.
제게 젖을 먹일 게 아니라 독을 먹였어야 했어요……

*

몇 주가 쏜살같이 지나갔다. 겨울이 제 계율로 시간을 압도했다. 신문이 아직 존재하지 않았던 지난 세기부터 시를 지어온 맹인 베힙의 뇌는 다른 규율을 따랐다. 이름이 말해주듯 그는 오래전부터 맹인이어서 세상을 전혀 보지 못했으나 사람 이름과 거리 이름과 날짜로 가득 채워진 그의 시는 명료했다. 어떤 시들은 이런저런 사건이 있을 때, 생일, 훈장 수여, 이발사를 구하는 광고, 주소나 시간 변경이 있을 때 주문에 따라 얼마 안 되는 사례금을 받고 썼다. 또 어떤 시들은 그의 마음이 내키는 대로 썼다. 법원의 결정, 소송, 추문, 시市 공고, 낙마, 법규 위반, 공공 도로상의 음주, 정부의 실추, 가치 하락 등등. 그의 시를 좋아하는 사람들은 그가 자리한 길모퉁이에 멈춰 서서 그에게 X나 Y 시를 암송해달라고 청했다. 그는 그렇게 했고, 사람들이 그 시에서 얻는 기쁨에 따라 사례를 받거나 받지 못하기도 했다.

발주자들이 여러 가지 이유(이를테면 시 때문에 당한 파혼이나 협박 등)로, 주문했을 때 정한 금액보다 더 두둑이 사례를 하며 주문한 시를 그의 레퍼토리에서 삭제해줄 것을 요구하는 일도 있었다.

이것이 맹인 베힙의 일상이었다. 드물게, 아주 드물게는 주문이 없는데도 오로지 자기 영혼의 기쁨을 위해 전혀 다른 시를 지을 생각에 사로잡힐 때도 있었다. 이름과 숫자와 날짜로 가득한 그의 통상적인 시들은 명료했지만, 반대로 그의 영혼의 시들은 그만큼 의미를 파악하기 힘든데다 난해하기까지 했다.

4월의 끝 무렵에 그는 대구라메토에 관해 어느 시보다 음울한 시를 지었다.

> 존경받는 의사 구라메토,
> 어느 날 악마가 당신에게 명령을 내렸지
> 성대한 만찬을 준비하라
> 음악과 촛대도 곁들여……

이 시를 들은 사람들은 자기 생각을 전혀 내비치지는 않았지만 올 때보다 한결 굳은 얼굴과 한결 무거운 걸음으로 떠났다.

구라메토도 아마 모든 걸 알았을 테지만 평소처럼 길거리에서 들려오는 온갖 소리를 못 들은 척했다. 평소에 맹인 베힙이 서 있는 곳인 바로시가와 고등학교가 만나는 네거리, 구라메토가 병원으로 가기 위해 매일 지나가는 그곳으로 점점 더 많은 청중이 모여들었지만 의사는 고개조차 돌리지 않았다.

이 주 후, 맹인 베힙이 어쩌면 화가 나서였는지 마음이 내키는

대로 새로운 시를 지어냈다. 그 시어는 듣는 이의 소름을 돋게
했다.

의사 선생, 어젯밤 무얼 하셨소?
어느 송장을 만찬에 초대하셨구려……

초반부, 특히 나이든 사람들이 고인을 가리키기 위해 여전히
사용하는 '송장'이라는 말이 시를 한층 더 충격적으로 만들었고,
어쩌면 그것이 구라메토의 오만을 누른 걸까, 어느 오후가 끝나
갈 무렵 마침내 그가 맹인 노인 앞에 멈춰 섰다.
구경꾼 두 명에게 물러나라는 손짓을 하더니 그가 말했다.
나한테서 뭘 원하는 거요?
목소리의 주인을 알아차리고 맹인이 어깨를 으쓱했다.
아무것도 없소이다. 행여 원하는 게 있더라도 차마 말 못할 겁
니다. 선생이 어디 있건 절대 못합니다.
이보시오, 노인 양반, 솔직하지 못하군요. 내게 뭔가를 감추고
있으면서 말을 안 하고 있잖습니까.
노인은 잠시 아무 말도 하지 않았다. 그러더니 단호한 목소리
로 대답했다. 아니오.
대구라메토 박사는 과묵하다고 평판이 나 있었다. 그런데 그

의 침묵이 끝날 것 같지 않아 보였다.

그 만찬은 이제 너무도 먼 일 같은데. 그가 나지막한 소리로 말했다. 나 자신도 잘 기억이 나질 않아요. 무엇 때문에 그 생각을 다시 한 겁니까?

난 모르겠소이다.

구라메토는 아무도 듣고 있지 않은지 확인하려는 듯 주위를 힐끗 둘러보았다.

그날밤…… 내가 정말로…… 죽은 사람을 저녁 자리에 초대했다고 믿는 겁니까?

뭐라 대답해야 할지 모르겠구려. 맹인이 말했다.

구라메토는 계속 그를 뚫어져라 응시했다.

그가 말했다. 베힙, 의사로서 질문을 하나 던지고 싶은데요. 당신이 어쩌다 시력을 잃었는지 기억나십니까?

아니, 맹인이 대답했다. 내 어머니가 나를 이렇게 만들었지.

아…… 그러니까 산 사람을 한 번도 본 적이 없다는 겁니까?

산 사람도 죽은 사람도 못 봤소. 그가 대답했다.

아하…… 다시 구라메토가 내뱉었다.

선생한테는 이상해 보이겠구려. 맹인이 말했다. 내가 산 사람도 본 적 없고, 죽은 사람은 더더욱 본 적 없다니 놀랐나보구려.

아니라고는 않겠어요. 실명은 죽음에 훨씬 더 가까워 보이니까 말입니다. 구라메토가 자기 의견을 말했다.

선생은 아마 이렇게 혼잣말을 할 거요. 저자가 산 사람도 죽은 사람도 본 적이 없어서 혼동을 하는 거야.

난 아무 말도 하지 않습니다. 당신이 보다시피 난 당신을 협박하지도 않고 아무것도 약속하지도 않잖습니까. 당신 영혼이 시키는 대로 하세요.

그가 떠날 때 맹인의 목소리가 그의 등뒤에서 들려왔다.

선생에게 신의 가호가 있길!

7장

처음엔 그저 흔한 부대 이동으로 보였던 것이 전혀 다른 것이었음이 밝혀졌다. 독일군의 후퇴가 그토록 평범한 모양새가 되리라고는 적어도 그리스와 알바니아 두 나라에서는 아무도 생각하지 못했을 것이다. 끝없는 차량 행렬이 대로에 밤새도록 이어졌다. 공해 때문에 여명조차 약해진 것처럼 보였다. 이슬비가 싸락눈으로 변해 집 창문들을 부옇게 만들었다. 그 때문에 이 순간 가장 중요한 사건에 도시가 보이는 무관심도 자연스러워 보였다.

도무지 있을 법하지 않은 이날 아침, 그리호트 병영에 포진했던 연대가 끝없는 행렬에 보태졌고, 도시 내부에 숙영했던 부대들도 그뒤를 이었다.

작별인사도 없었고, 대열의 후미를 덮치라는 공격 명령도 없었다. 따라서 도시를 폭파하겠다는 위협도 다른 위협들과 마찬가지로 별안간 유통기한이 다한 만큼 생뚱해 보였다.

그들이 하켄크로이츠 깃발을 가져가 다른 깃발이 그 자리를 대신했다. 독수리 한 마리가 보란 듯이 그려진 이 나라의 깃발이었다.

이렇게, 수치심이나 자부심의 기미라곤 전혀 보이지 않고, 도시의 무관심조차 알아차리지 못한 채, 군인들은 무심히 차량에 올라탔다. 싸우러, 또는 그저 죽음을 만나러 또다른 영토를 찾아 떠나는 듯했다.

다른 체제

정오가 되기 전, 항독 저항군들이 한 곳이 아니라 세 곳을 동시에 통과해 도시로 들어섰다. 그들은 독일군과도 전혀 비슷하지 않았지만, 사람들이 생각하던 이미지와는 더더욱 달랐다. 그들은 어리둥절한 표정으로 고층 주거지들을 살피더니, 사람들이 던져주는 꽃을 어찌해야 할지 몰라 살짝 미소 지었다.

피로의 기색은 골목길을 힘겹게 오르는 노새들에게서 훨씬 뚜렷하게 드러났다. 대개가 박격포와 탄약 상자들을 지고 있었다.

그런데 노새의 고삐를 쥔 저항군들의 거동을 보면 무기보다는 밀가루나 치즈 덩이를 나르는 것처럼 보였다.

호기심을 끄는 건 무엇보다 저항군 여자들이었다. 여자들은 모습이 매우 다양했다. 땋은 머리, 짧거나 긴 머리, 유행 따라 내린 앞머리. 게다가 금발도 있었다. 이들에 관해 더없이 모순된 소문이 떠돌았다. 요상한 말로 사람을 죽이는 빨갱이 처녀들이라느니, 정사에 맹렬히 달려드는 여자들이라느니. 아마도 이 때문에 영국군이 병사를 풀면서 엄청난 양의 콘돔도 함께 풀었고, 이 일로 영국군 사령관도 화를 냈고, 처음으로 영국 군인들도 기분을 잡친 모양이었다.

눈앞에 보이는 광경은 더없이 평화로웠지만 모두가 두려워하던 일이 벌어지고 있었다. 문 두드리는 소리에 이어 여자들의 울음소리가 들리고, 이어서 울부짖는 소리가 들려왔다. 그 사람은 아무 짓도 안 했어요…… 배반자, 저리 비켜, 더러운 매춘부들…… 안 돼요…… 그리고 마지막으로 총소리가 났다.

또다른 순찰대들은 도시 공산주의자들이 이름 붙였듯이 '구역' 경쟁을 벌이며 마구 사람들을 잡아들였다.

오후가 시작되고 시청 꼭대기에 깃발이 내걸린 바로 그때 그들이 병원에 불쑥 나타나 대구라메토 박사를 체포했다. 한창 수술중이던 그의 손에 수갑을 채운 뒤 그들은 그에게 손에 묻은 피를 닦으라고 했지만 구라메토는 총살당하리라는 생각에 무슨 소용이겠냐고 말했다.

불편한 수갑 때문에 힘겹게 앞으로 나아가는 동안 그의 눈길이 뜻하지 않게 시청 꼭대기에서 펄럭이는 깃발로 쏠렸다. 눈빛이 살짝 변하긴 했지만 사람들이 생각하는 만큼은 아니었다.

서둘러! 저항군 하나가 잘 따라오지 못하는 구라메토에게 쏘아붙였다. 구라메토는 눈짓으로 수갑 쪽을 가리키며 그걸 차고 걷는 게 익숙하지 않아서라는 뜻을 내비쳤지만 상대는 알아차리지 못하고 거듭 말했다. 서두르라니까!

깃발에는 독수리 한 마리가 그려져 있었는데, 사람들이 얘기한 것처럼 독수리 머리가 셋이 아니라 늘 그랬듯이 둘이었다.

저기로. 네거리를 가로지르면서 저항군이 말했다. 대구라메토 박사는 묻고 싶었다. 내가 뭘 어쨌다고 이러는 겁니까? 그러나 그의 눈길은 곧 깃발에 걸렸다.

누구보다 낙천적인 사람들의 말대로라면, 공산주의자와 왕정주의자와 민족주의자 간의 화합을 의미할 세번째 머리 대신 쌍두독수리 머리 꼭대기에 별 하나가 걸려 있었다.

허허, 대구라메토 박사는 속으로 웃었다. 그의 눈길은 이제 깃발에서 떨어지지 않았다. 내가 뭘 어쨌다고? 이 질문에 대한 대답이 거기서 나오기라도 할 것처럼.

도로 양편으로 구경꾼들과 만돌린 연주자 두 명, 빠른 걸음으로 걷고 있는 연락장교들이 보였다.

펄럭이는 깃발은 여전히 수수께끼 같아서 아무 대답도 알려주지 않았다.

연락장교 하나가 숨을 헐떡이며 순찰대 쪽으로 몇 발짝 달려오더니 뭐라고 더듬거리며 말했다.

정지. 순찰대 대장이 먼저 멈춰 서며 말했다. 그는 어리벙벙한 표정으로 구라메토 박사의 얼굴을 뜯어보더니, 피를 묻히지 않으려고 애쓰면서 그의 수갑을 벗겼다.

착오가 있었던 걸 용서하십시오, 박사님. 그가 침착한 목소리로 말했다.

관심 있게 광경을 지켜보던 '구역 담당'이 다가와 저항군의 귀에 대고 뭐라고 말했다. 상대가 고개를 끄덕였다. 그가 다시 떠날 때 구라메토는 소구라메토의 이름이 언급되는 걸 들은 것 같았지만 확실하지는 않았다.

그는 잠시 손을 씻을 샘을 찾았지만 이 구역 어디에 샘이 있었는지 기억나지 않았다.

병원 부근에서 그는 아까 그 순찰대가 반대 방향으로 다시 출발하는 걸 멀리서 알아보았다. 그 무리 중앙에 방금 전 그가 그랬듯이 소구라메토 박사가 수갑을 찬 채 자리하고 있는 것이 보였다.

두 사람은 도대체 영문을 모르겠다는 의미로 고갯짓을 주고받았다. 그 순간 방금 일어난 일에 대한 깨달음의 섬광이 대구라메토 박사의 머릿속에 갑자기 번쩍했다. 한쪽의 총애나 실추로 상대편은 자동으로 상황이 역전된다는 생각에 길이 든 '구역 담당'이 순찰대에게 대구라메토를 잘못 체포했으니 당연히 소구라메토를 체포해 오류를 바로잡으라고 설득한 것이다.

동료가 풀려나리라 믿고서 구라메토는 독일어로 욕설을 투덜거리며 병원으로 들어섰다.

실제로 소구라메토 박사는 얼마 후 돌아왔다. 반색하며 반기는 간호사들에게 둘러싸인 채 두 사람은 마치 오랜만에 만나는 사람들처럼 서로 얼싸안았다. 바로 그때 상상하지 못한 일이 일어났다. 훨씬 거칠어 보이는 다른 순찰대가 병원 입구에 나타난 것이다. 두 사람은 서로를 쳐다보았다. 마치 이렇게 말하려는 듯했다. 아직 끝난 게 아니었어! 두 사람은 다시 수갑 찰 준비를 하고 있었는데 이번에 순찰대가 요구한 건 터무니없는 일이었다. 그들은 중환자실에 있는 환자 두 명을 체포하러 온 것이다. 두 환자 중 한 사람은 아직 전신마취 상태였다.

두 구라메토는 아연실색했다. 당신들 정신이 있는 거요? 이제 막 봉합을 마친 사람을 데려가겠다니? 당신들이야말로 정신이 나갔군. 우리는 명령을 받았으니 잔말 마시오. 그렇게는 허락할 수 없으니 잔말 마시오. 당신들이 우리한테 허락을? 하, 하, 하!

간호사들이 의사들에게 합세했지만 순찰대는 완강히 버텼다. 그들은 즉각 두 의사에게 수갑을 채웠고 모두가 시청 방향으로 떠났다.

한 시간 뒤, 시끌벅적한 소란 가운데 순찰대와 의사들이 함께 걸어 돌아오는 게 보였다. 의사들은 수갑을 차고 있지 않았다. 공정하며 법을 잘 안다고 자처하는 머리 희끗한 한 남자가 서로 다른 관점들을 모아보려고 애쓰고 있었다. 저마다 서로의 말을 자르고 권총이나 주사기를 코앞에 들이대면서 고함을 지르고 있었다. 저렇게 사람이 죽어가고 있는데 이러는 법이 어디 있어요? 한쪽 팔이 잘린 사람에게 수갑을 채우겠다는 겁니까? 이게 당신들의 휴머니즘이오? 그렇소, 휴머니즘, 바로 그거요! 당신들은 범죄자가 제멋대로 사람을 죽이고 나서 민중의 심판을 피해 병원에 입원하길 바라는 거요? 의사 선생님, 이 종기 좀 제거해주세요. 이게 당신들이 바라는 거요? 대체 이런 미친 짓거리를 누가 이해하겠소?

머리가 희끗한 남자가 마침내 타협안을 찾아냈다. 찾고 있는 환자들을 체포하지도 않고 자유롭게 내버려두지도 않는 것이었다. 수간호사는 건물 서쪽 측면에 창살이 설치된 방이 하나 있다는 사실을 기억해냈다. 언젠가 자신이 정신이 이상해지면 그곳에 가두라던 렘지 카다레의 유언에 따라 만들어진 방이었다.

그들은 혐의를 받는 환자들을 그리로 데려갔고, 총을 들고 허리춤에 수류탄 두 개까지 매단 저항군을 문 앞에 세워두었다.

2일. 아침

'삼백'은 이제는 그만한 인원을 채우지 못한 지 오래된 옛 판사들을 가리키는 명칭인데, 시위원회로 이름이 바뀐 시청 입구에 얼마 전 '삼백'이 나타났다. 그들은 다시 옛 관인과 법령집을 전부 들고 있었고, 옛날처럼 자신들의 경험이 나라에 쓰일 수 있으리라 믿고서 경험을 내세웠다.

그들의 말을 들으면서 시위원장은 만족감을 감추지 못했다. 그 만족감은 가장된 것 같지 않았으며, 대담 끝에 그의 감사의 말에 반영되어 있었다. 다른 시대로부터 불쑥 튀어나온 그들이지만 다른 지식인 무리보다 혁명의 정수를, 다시 말해 불가피한 폭력을 가장 잘 이해했다.

노인들은 새 시대, 새 법이라는 표현을 들으며 놀라움을 감추지 못했다. 그렇지만 떠날 때는 자신들의 봉사하려는 마음을 그토록 요령 있게 거절해준 것에 역시 만족감을 숨기지 못했다.

마이너스 2일

체포된 사람들 외에도 또다른 세 사람이 수술을 받고 아직 마취 상태로 외과 병동에 있었다. 그들이 의식을 되찾자, 이유는 알 수 없지만 당직 간호사 한 사람이 그들의 맹장이나 병든 신장을 떼어냈다는 것과, 이제 새로운 체제 아래 살게 되었다는 사실을 그들에게 애써 설명했다.

그들은 잘 알아듣지 못했는데, 어떤 이유로 간호사가 그런 얘기를 구태여 하는지는 더더욱 짐작하지 못했다. 제일 먼저 뭔가를 이해한 사람은 신장을 떼어낸 환자였다. 그가 다른 두 환자에게 열성껏 설명하기 시작하자 두 환자는 마치 아름다운 이야기라도 듣기 위해서인 듯 가까이 다가왔다. 신장 환자의 말에 따르면 극도로 중대한 일들이 이 도시에서, 그것도 바로 이 병동 안에서 일어났는데 그들이 깊은 잠에 빠져 있는 바람에 전혀 알지 못했다는 것이다.

다른 환자들이 그가 기대한 만큼 감탄하지 않는 듯한 모습을 보고, 그는 처음부터 모든 얘기를 다시 시작했다. 그들이 죽음

상태 같은 것에 빠져 있는 동안 도시가 뒤집혀버렸다. 우리가 멈춰버린 시간 속에 있었다고요, 알아듣겠어요? 세월이 흐르고, 시간과 날이 흐르고, 모든 게 흐르는 동안 당신은 이름 없는 무언가에 머물러 있었던 겁니다. 시간 아닌 시간. 제로 밑의 시간 말입니다, 알겠어요? 마이너스 부호. 음陰의 시간 말입니다.

이봐요, 난 도무지 못 알아듣겠어요. 상대가 대답했다. 쉽게 얘기해보세요. 새 체제라는 게 어떤 겁니까?

또다른 체제란 체제가 바뀔 때를 말합니다. 대개 첫째 날을 영일零日이라 부르죠. 그런 다음 셈을 시작하는 겁니다. 1, 2, 4, 이런 식으로요. 우리가 마취되었을 때가 그날이고 그런 시간이었다고 생각해보세요. 우리는 동면을 한 겁니다. 다시 말해 시간 밖에 내던져졌던 거라고요. 그런데 시간은 아무런 관심도 없어요. 시간은 당신을 기다려주지 않고 흐르죠. 그러니까 사람들은 영일에 이르렀던 겁니다. 그리고 1일에. 그런데 우리는 마차를 놓쳤어요. 그들이 2일에 있을 때 우리는 0에도 이르지 못했죠. 제로 밑에 있는 겁니다. 이제 알아듣겠어요?

제기랄, 하나도 모르겠어요! 상대가 응수했다.

제로 밑이라니까요. 상대가 경멸을 실어 다시 말했다. 그러니 일단 0으로 올라가야 합니다. 그런 다음 생각을 해야 한단 말입니다.

당신이 우리를 더 헷갈리게 하잖아요. 맹장 환자가 말했다. 누가 이겼는지나 말해줘요. 솔직히 말해서 공산주의자들만 아니라면 난 반대 안 해요.

하필이면 공산주의자들인 것 같은데요. 세번째 환자가 말했다.

아니야! 상대가 말했다. 당신 무슨 소리를 하는 거요?

당신이 말하는 그 체제에서는 마누라의 목을 조르는 게 허용됩니까? 목발을 든 환자가 물었다. 이를테면 예멘에서처럼요?

그건 당신이 직접 알아보시오!

그래, 자기 일은 자기가 해야겠죠.

자기 마누라는, 안 된다고 생각합니다. 다른 사람이라면……잘 모르겠군요.

날과 달의 연속

온갖 표현 가운데 가장 자주 언급되는 건 시간과 관계된 것이었다. 사람들은 이 시간을 '새 시대'라고 불렀다.

어떤 날들은 그 이미지에 참으로 잘 들어맞는 것 같았다. 빨래통에서 날아가는 거품처럼 가볍고 환한 날이 마치 침대 시트처럼 펼쳐지는 듯했다. 그런데 다른 아침이 오면 모든 게 잿빛으로 어두워졌고, 이 속세에서 결코 젊음을 되찾지 못하는 한 가지가 있다면 그건 시간이라는 생각이 다시 찾아왔다.

그런데 젊음과 동일시되지 않을 때조차 시간은 역시 젊음의 무언가를 여전히 간직하고 있었다. 끓어오르는 건 없어도 동요가 항구적으로 쉼없이 따라다녔다. 갖가지 캠페인이 지칠 줄 모르고 이어졌다.

캠페인만큼이나 열광적인 자원자들의 움직임도 약속이나 협박과 더불어 절정에 달했다. 침탈 행위 타도, 투기꾼들은 교수대로, 나라의 재녹화 사업 만세. 집회가 끝없이 이어졌다. 집회에서는 금을 숨겨둔 사람들을, 코르푸해협 사건을, 맹인 베힙의 시를, 그리고 내친김에 니체의 초인 개념까지도 규탄했다. 신만이 그 이유를 알겠지만 그 개념에는 영원 회귀에 대한 거부가 접목되었다.

새 시대 곁에는 '재건'이라는 말이 약혼녀처럼은 아니더라도 일종의 사촌 여동생처럼 어김없이 따라붙었다. 오빠와 마찬가지로 이 사촌 여동생에 대해서도 사람들은 슬로건을 내걸었고 가는 곳마다 노래를 흥얼거렸다.

노동과 재건이라는 말을 사람들은 대개 수로를 파는 걸로 이해했다. 사람들은 날이 밝기 전에 일어나 깃발을 내걸고 촘촘히 줄지어 곡괭이질을 하러 갔다. 훗날 사람들은 일부 수로 공사로

인해 물 저수량이 느는 게 아니라 줄어들고, 홍수가 났을 때 물이 비워지는 게 아니라 불어난다는 사실을 깨달았을 때, 특히 이런 이유로 비난이 비 오듯 쏟아지기 시작했을 때, 이 수로들에 그들이 알고 있던 목적 외에 다른 목적이 감춰져 있다는 생각이 희미하게나마 싹텄다. 심지어 이 감춰진 목적이 주된 목적이었을 것이라는 생각도 들었다.

마치 세기의 불가사의라도 되는 듯 입을 헤벌린 채 날 좀 그만 쳐다봐요. 수로를 파괴하려 했다는 이유로 최근에 체포된 기술자가 같은 이유로 들어온 감방 동료 두 사람에게 말했다. 이건 아시리아 바빌론 시절까지 거슬러올라가는 아주 오래된 이야기입니다. 바로 거기서 독재가 시작된 것으로 추정되니까요. 부족한 물과 넘쳐나는 물. 요컨대 길한 물과 불길한 물이 생겨난 겁니다.

냉전의 시작과 티토*의 배신이라는 두 가지 큰 변화는 수로와 무관하지 않았다. 수로 또한 이 시사적인 변화와 무관하지 않았다. 기억의 문제 같은 다른 큰 문제들도 겉보기에는 영 동떨어져 보이지만 역시나 결부되어 있었다. 당신들 머릿속에서 옛 법령

---

* 스탈린의 내정간섭에 반대함으로써 유고슬라비아가 코민포름(공산당정보국)으로부터 축출되게 만든 유고슬라비아 대통령.

집과 여자들의 허벅지가 대범하게 나란히 이웃하고, 위엄 있는 책들이 온갖 종류의 음란한 것들과 이웃한 익살스러운 기억들과는 이제 작별이었다. 어떤 것들은 되도록 자주 머릿속에 간직하고, 다른 것들은 아예 없애진 않더라도 훨씬 적게 간직해야 한다는 사실이 나날이 점점 더 명백해졌다.

후자 가운데는 독일군과 함께했던 그 유명한 만찬도 있었다. 이젠 거의 아무도 그 일을 언급하지 않았다. 마치 그 일은 일어난 적이 없었던 것만 같았다. 어쩌다 누군가 그 얘기를 할라치면 누구라도 즉각 이렇게 말했다. 독일인과 의사 선생이 학교 동창이었다느니 어쩌느니 하는 그런 터무니없는 얘기를 아직도 믿는 겁니까? 그럼에도 사람들이 짐작조차 할 수 없는 어딘가에서 이 만찬에 대한 비밀스러운 심리審理가 계속되고 있다는 소문이 떠도는 건 막을 수가 없었다. 문화회관 합창단의 새 단장이 실은 숨겨진 두 판사 중 하나라는 의심까지 나돌았다. 다른 한 명의 판사에 관해서는 천년 동안 머리를 쥐어짜도 결코 누군지 찾지 못할 거라고들 말했다. 반면에 사람들은 이 두번째 판사가 만찬이 아예 없었다는 가정을 발설한 인물임에 틀림없다고 주장했다. 흔적을 흐려 추적을 따돌릴 목적으로 어디선가 축음기만 혼자 돌아가고 있었고, 만찬처럼 꾸며진 비밀스러운 모임은 다른 곳에서 이루어졌을 거라는 가정이었다.

계절의 연속

　겨울이었다. 게다가 냉전이었다. 냉전이 시작된 건 몇 주 전이
었다. 냉전은 사람들이 처음에 생각했던 것처럼 농담(에스키모
인들과의 분쟁이라든지, 기타 등등)이 아니었다. 나중에 상상한
것처럼 엄청난 사건(죽음처럼 차갑고 음험한 사건)도 아니었다.
그 둘의 중간쯤이었으며, 어느 영국 신사*가 만들어낸 말처럼 낡
아빠진 고철 더미, 철의 장막이었다.

　그렇게 살 수 있다는 걸, 그것도 매우 잘 살 수 있다는 걸 보여
주기 위해 사람들은 거듭 축제를 벌였다. 가장 자주 열린 건 달
리기 경주였다. 왜냐하면 비용도 별로 안 들고 준비할 것도 없었
기 때문이다. 다리에 좀이 쑤시는 사람 몇 명 모으고, 마분지 한
장에 "봄맞이 경주"라고 쓰고, 모인 사람들을 아무 방향으로나
쏜살같이 냅다 내달리게 하면 되었다. 달리다보면 사람들의 수
가 늘어났고, 그들은 공공장소에 멈춰 서서 숨을 돌리고 슬로건
을 외쳤다. "만세!"나 "타도!"를 외치는 소리가 반반씩 고르게

---

* 1946년 미국 방문 연설에서 '철의 장막'이란 말을 처음 사용한 영국 총리 처칠.

박자에 맞춰 들렸다. 살아야 할 것만큼이나 죽어야 할 것도 있다는 뜻이었다. 그것도 가능한 한 빨리.

음악회, 시합, 개막식, 특히 메달 수여식이 잦았다. 그래도 메달 수여식을 둘러싼 축제는 놀라웠다. 이를테면 4월 첫째 주에는 대구라메토 박사의 1만 2천번째 수술을 기념했다.

모두가 짐작하겠지만 사람들은 소구라메토 박사도 잊지 않았다. 나이가 더 적어서 수술을 9천 번밖에 하지 못했지만 말이다. 물론 이날 오후와 이날 저녁에 사람들은 두 사람이 잠재적인 경쟁자로서 모든 관심의 중심에 있었던 시절의 옛 추억을 떠올렸다. 그리고 그 시절처럼 사람들은 두 사람의 지위를 비교했는데 쉬운 일은 아니었다. 이들 경쟁 관계의 운명은 무엇보다 국제 정세에 달려 있다는 걸 모두가 알고 있었기 때문이다.

독일이 항복한 이후로 현재는 둘로, 선한 쪽과 악한 쪽으로 분단되어 있다는 사실 때문에 대구라메토 박사는 어느 정도 균형 상태의 혜택을 보았고, 이탈리아는 서독만큼 비열하지 못하고 동독만큼 천국 같지도 않아서 소구라메토 박사에게 그만그만한 중립성을 부여해주었다.

다시 말해 예전처럼 두 의사 사이의 좋은 관계를 지켜주었던 보이지 않는 동일한 손이 이 세계적인 혼란기에 영국 사람들의 표현대로 피프티-피프티 상태를 유지할 수 있게 해준 것이다.

그 자리에 있던 사람들이 살짝 감격한 건, 알게 모르게 모두가 향수를 품고 있는 시절의 상징과도 같은, 두 의사의 경쟁 관계에 대한 추억 때문이지 대구라메토에 대한 고마움 때문이 아니었다는 건 막연하게나마 느낄 수 있었다.

아, 정말 멋지군요. 지난 추억을 떠올리던 중 마리 투르툴리가 생각나는 대로 툭 내뱉듯 말했다. 잠시 후 그녀는 거듭 말했다. 정말 감동적인 추억이에요. 꼭 벨 에포크 같아요……

"똑같은 메스를 손에 든, 두 구라메토 박사……"라는 맹인 베힙의 후렴구로 참으로 잘 표현된 두 의사를 둘러싼 이상적인 분위기도 옛날의 만찬이 심리를 받을 거라는 소문을 잠재우지는 못했다. 그 심리 또한 여전히 비밀스러웠는데, 이제부터는 별개의 두 팀이 주관할 거라는 점만 달랐다. 또다른 특징은 그 팀이 독일인으로 구성되었다는 사실인데, 이 점은 점차 다른 차원, 유령과 연관된 차원에 가려져 희미해졌다. 그후 만찬은 무엇보다 죽은 자와 관련된 것이 되었고, 죽은 자는 자신의 정체를 감추기 위해, 또는 다른 어떤 이유로 아마도 우연히 독일군 장교의 군용 외투를 걸치게 되었던 것이다. 그리고 그렇게 진흙을 잔뜩 뒤집어쓴 모습으로 죽은 자가 구라메토의 집 문을 두들겼던 것이다.

500일. 친독일파들의 유령

500일째 되던 날, 도시 어귀에 결코 나타나서는 안 될 것이 나타났다. 독일군이 떠난 직후 그리스인들이 친나치 행각을 비난하며 쫓아낸 참족 피란민들의 첫번째 행렬이 끝없이 이어진 것이다. 학살 이후로 그들의 상흔은 곳곳에서 드러났다. 아기 침대에 난 칼자국, 반쯤 불탄 노인들, 시커멓게 검댕이 묻은 새신부들, 이 모든 것이 연민을 모르는 혹한의 바람 속에 모습을 드러냈다.

그들의 왼편으로 꿈속에 수없이 나타났던 첫번째 알바니아 도시가 우뚝 서 있었다. 그들은 어떤 경우라도 그곳에 들어가지 말라는 단호한 명령을 알 수 없는 누군가로부터 들었다.

도시는 스스로 거부하는 이유를 모른 채 범접할 수 없는 스핑크스처럼 모습을 드러냈다. 접촉의 부재가 어느 쪽에 더 압박이 되는지도 알 수 없었다. 도시 쪽인지 아니면 피란민 행렬인지. 아마도 양쪽 모두일 터였다. 태풍의 날개가 도시를 쳤더라도 이보다 더 고통받지는 않았으리라. 집집의 들보들이 오후부터 삐거덕거리기 시작했다. 양심의 가책을 견디기 힘들어하는 듯했다. 피란민 행렬은 연민이라곤 받지 못했기에 그들 역시 연민을 전혀 느끼지 못했다. 모든 지표가 뒤죽박죽이 되었다. 맞선 진영들 중 어떤 진영도 승리할 수 없었고, 대적할 수조차 없었다. 패배인 민족주의자들과 왕정주의자들은 차머리아와 코소보에서 축제를 벌임으로써 위안을 삼는 것처럼 보였지만 독일의 패배 이후 보복을 일으켰다는 감정에 그들도 곧 고개를 숙였다. 승자들 역시 패자들과는 정반대의 이유로 기뻐할 수 없는 처지였다.

유사한 광경이 곳곳에서 펼쳐졌다는 얘기가 들려왔다. 발트해 연안부터 캅카스 국경까지 더 멀리로는 내륙 깊은 곳 대초원의 주민들이, 때로는 민족 전체가 운명의 배후 공격을 받고서 친독 일파로 몰려 추방당했다.

길고도 끔찍한 또다른 행렬들이 기억에 떠올랐다. 삼 년 전의 유대인 행렬이었다. 또 삼십 년 전의 아르메니아인 행렬이었다.

그럼에도 지로카스트라는 코에 쌍안경을 얹고 참족의 행진이 끝나기만을 기다렸는데, 행렬은 일부러 자가증식하는 것처럼 보였다. 그리스 소수민족의 촌락들에서는 때로 밤에 그들에게 빵을 내밀기도 했지만 그들은 받지 않았다고 한다. 그들이 그걸 기대한 건 그 촌락들이 아니었던 것이다.

그들은 어디로 갔을까? 누구도 알지 못했다. 그들은 중앙 알바니아를 향해 느릿느릿 걸었고, 거기서 다시 그들 자신의 신기루와 함께 북알바니아로 향했다. 눈 덮인 하얀 산들 사이에서 악몽 속처럼 때로는 알바니아어를 말하는 독일군들이 나타났고,

때로는 찢어진 군복을 입은 알바니아인들이 오래된 독일 군가를 부르며 나타났다.

산골 주민들은 기겁해서 달아났다. 운명과 겨울에 패배한 스칸데르베그 독일-알바니아 사단의 패잔병들이라는 사실을 알기 전까지는 그랬다.

오늘날에야 사람들은 이런 종류의 이유로 알바니아의 운명이 흔들릴 뻔했다는 사실을 알게 되었다. 알바니아는 자신이 승자의 진영에 속한다고 생각했지만 하마터면 패자의 진영이라고 선고될 뻔했던 것이다.

8장

다시, 새 체제

어느 날, 잠에서 깨어나니 대로가 황량한 상태였을 때 실의는 한층 크게 느껴졌다. 추위는 줄곧 점점 더 혹독해졌다. 석탄은 찾아보기 힘들어졌다. 순교자들은 없었다.

자연재해 때처럼 수도에서는 식량과 약품을 실은 트럭들, 감독관들, 오케스트라 등 이웃 나라들이 보내온 온갖 종류의 원조품을 급히 보냈다. 비슷한 사건들이 일어난 발트해 소련에서 오는 원조 중 하나는 감독관들을 거쳐 기이한 연구에 제공되었다. 그들에 따르면, 사실들을 좀더 면밀히 검토해볼 필요가 있었다고 했다. 도시에는 아직 옛 오스만제국의 고관이 11명, 옛 왕실

규방 감찰관이 4명, 이탈리아-알바니아 은행 부행장이 3명, 퇴직한 도지사가 15명 있었고, 온갖 체제가 혼재했으며, 옛날에 왕실 후계자들을 해치우던 전문 교살자도 2명 있었고, '광인로路'라는 이름이 붙은 길과, 고급 창녀 2명, 저 유명한 300명의 판사들은 말할 것도 없고 600여 명의 순박한 사람들이 있었다. 이 모든 것이 공산주의 도시가 되려고 하는 중세 도시에는 큰 부담이었다.

발트해 사람들에 관한 이 연구를 토대로 사람들은 신문들이 "새로운 피"라고 부르는 쇄신의 수액이 꼭 필요하다고 쉽게 결론을 내렸다.

새로운 피가 도래하는 데 그리 오래 걸리지 않았다. 중앙 알바니아로부터 열정어린 젊은 지원자들이 매일같이 도착했다. 소련의 경험에 비추어 뒤떨어진 계획을 앞지르는 챔피언들이었다. "한 손엔 곡괭이를, 다른 손엔 총을 들고"라는 노래를 흥얼거리는 또다른 이들도 있었다. 때때로 이들은 노래 가사를 제대로 보여주려는 듯 정말로 곡괭이와 총을 들고 있었다. 잘못된 수로를 파괴하는 자들을 찾아내는 이들. 새 체제를 경멸한다는 뜻을 보여주기 위해 집에서 거의 나오지 않는 귀부인들을 추적하는 자들. 자기 앞만 쳐다보는 행동주의자들. 원칙적으로는 앞만 바라보지만 이뤄놓은 것이 너무 불충분해 이따금 뒤를 돌아보지 않을 수 없는 또다른 사람들. 순교자들의 흉상을 만드는 조각가들. 사태의 자연스러운 흐름이 허락해주기만 한다면 묘지의 마지막 자리를 차지할 준비가 된 순교 후보들. 제국주의에, 유대민족주의에, 그리고 코카콜라에 세 번이나 "안 돼"를 외친 사람들. 일곱 번 "안 돼"를 외친 또다른 이들. 민중 속에서 오직 우정 때문에 맹세한 열광자들. 오직 적대감 때문에 맹세한 또다른 이들. 한마디로, 눈물이 핑 돌 정도로 전례없는 열정이었다.

모든 것이 마침내 질서 안에 편입된 듯 보였을 때 수도의 더 비밀스러운 기관에서 나온 비밀스러운 보고서는 이 도시가 계속 몰락해가고 있다고 분명히 언급했다. 불필요하건 아니건 수로를 파는 건 고역이었다. 옛 고관들은 너무 서서히 죽어갔다. 험담꾼들이 넌지시 암시하듯이 육체적인 쇠약 때문이 아니라 새로운 삶과 일체가 되려는 내적 욕망 때문에 "자신들의 부르주아 과거에 등을 돌린" 고급 창녀 둘만 예외였을 뿐, 생각이 배배 꼬인 다른 고관들은 이성의 말을 듣기를 고집스레 거부했다.

어디서 솟아났는지 알 수 없는 거리의 노래가 갑자기 널리 퍼져 비밀 보고서에 힘을 실어주었다. 그 가사도 슬펐지만 곡조는 더욱 슬펐고 희망이라곤 보이지 않았다.

레나는 병들고 곡기를 끊은 채

1호 병실에 입원해 있네.

이 노래를 부르지 못하게 하려고 온갖 수단이 동원되었지만 소용없었다.

병원 노래가 도시의 시사 논평에 소재를 제공한 사건들 중 하나의 원인이 되리라고는 누구도 예기치 못했을 것이다. 도시 귀부인들을 상대로 선포한 공공연한 전쟁 말이다. 모든 것은 어느 회의에서 시작되었다. 그 회의에서 도시의 주요 인사들은 이런저런 사람들이 내밀한 차원의 노래들을 끈질기게 불러대는 세태를 마주하고 그것이 문화의 책임이라는 생각을 인정했다. 내밀한 차원의 노래들이란 말하자면 이런 종류의 노래였다. 당신은 날 잊었지만 난 당신을 잊지 않았어요. 당신이 오지 않은 병원에서 난 기침이 멎질 않았죠…… 멍청한 짓거리가 여럿 있었지만, 시립 악단 연주자들에게 초가집에서 울게 만들기 딱 좋을 취향의 곡을 두세 곡 연주해달라고 주문한 것도 개중 하나였다. 결국 당위원장은 환자들이 흥얼거리는 노래를 중단시켰고 두 의사, 대구라메토와 소구라메토를 곧장 호출했다.

처음에 의사들은 뭐라 대답해야 할지 알지 못했다. 그러다 대구라메토는 응수할 말을 생각해냈다. 자신들 둘은 모두 외과의사인지라 그들의 환자들은 수술에서 살아남지 못하면 탄식조차 오래 끌지 못한 채 무덤으로 직행하지만, 반면에 티푸스나 결핵 같은 만성이나 장기 질병의 전문의들이라면 틀림없이 이 방면에 큰 도움이 될 거라고.

그동안, 보건소에서 야간 경비원으로 일하는 집시인 단 라 갈레는 혼란을 틈타 그해 4월에 분뇨차에 치여 죽은 애인을 추억하는 노래를 작곡했다.

나 보건소의 집시,
그녀를 죽음으로 떠나보냈네,
나의 유일한 여인을
똥차가 죽였네……

위원들은 듣자마자 폭소를 터뜨리더니 뒤로 넘어갔다. 모두에게 숙명적인 것으로 밝혀질 다음 회의에서, 내밀한 감정에 질병이나 연애사만 포함되는 것이 아니라 훨씬 고귀한 다른 많은 주제도 포함된다고 평가하는 데 의견 일치를 보자, 문화 담당관은 여성적인 옛날 곡조 하나를 기억해냈다.

사랑스러운 꾀꼬리여, 노래하라
우리네 황금빛 궁전에서

잠든 우리의 눈이 되어
말해다오 행여
누군가 오거든
벗은 우리 몸을 덮어다오.

정말 멋집니다, 대단한 시상이에요, 참으로 섬세합니다, 라는
소리에 흥이 난 문화 담당관은 악마의 부추김이라도 받았는지
또다른 노래 하나를 떠올렸다.

곧 벼락이 쏟아질 참이었다. 한 주가 채 지나기도 전에 당위원
회의 긴급 회의가 소집되었다. 도시에 불어닥친 퇴폐의 바람. 구
체제에 대한 향수. 옛 귀부인들에 대한 존경.

목소리들이 점점 높아졌다. 사람들은 책임자를 찾았다. 문화
담당관은 두 차례나 졸도했다. 자정쯤에 당위원장은 폐회사를
하면서 자신을 포함해서 누구도 봐주지 않겠다고 말했다. 적은
우리가 잠든 사이에 덮쳤습니다. 퇴폐 풍조가 돌아왔습니다. 니
체의 사상과 '영원 회귀'와 그 밖의 유해한 사상을 미처 다 청산
하기도 전에 우리는 이 시커먼 페스트와 드잡이를 해야 합니다.
도시의 귀부인들과 말입니다. 이웃 그리스와 다시 긴장 관계가
조성되고 있는 시점에 이런 일이 발생한 건 우연이 아닙니다. 죄
지은 자들은 가차없이 처벌받게 될 것입니다. 최악의 사태에 대

비하십시오.

회의가 끝난 직후인 새벽 두시경, 문화 담당관은 스스로 목숨을 끊었다.

귀부인들과 맞선 도시

문화 담당관의 목숨을 앗아간 총알은, 일주일 전만 해도 하나였다가 갑자기 도시와 귀부인들이라는 두 개의 적대 진영으로 나뉜 사람들 사이에서 일어난 첫번째 충격을 의미했다. 사건의 추이를 지켜본 사람들에게는 이 담당관이 귀부인을 향한 향수의 희생양이었다는 사실이 명백했지만, 알 수 없는 이유로 이 사실은 금세 지워지고 그 사람은 결국 귀부인들의 적으로 제시되었다. 아니, 이 새로운 전장에 쓰러진 순교자로 제시되었다.

귀부인들을 규탄하는 회합은 전통과 달리 박수갈채와 노래를 동반하지 않았고, 외관상 주제에 걸맞게 근엄하고 학구적인 분위기를 띠었다. 나이 많은 시사평론가 지조 가보에게 맡긴 개회사도 그런 색깔을 띠었다. "천년의 귀부인 신분"이라는 거창한 제목과는 달리 논평 내용은 1361년부터 지난주까지의 도시 귀부인들을 끝없이 열거하는 것이었다. 그 명단의 의미는 누구도 파악하지 못했지만 그럼에도 명단 읽기뿐인 연설이 끝났을 때 청중은 병든 시사평론가에게 박수갈채를 보냈다.

개회사의 공허를 다른 발언들이 채웠다. 개중 하나는 '공산주의 치하의 귀부인들'인데, 제목이 가리키듯 부다페스트부터 예전의 상트페테르부르크까지, 브라티슬라바부터 상하이까지 공산당 진영 전체의 귀부인들의 운명에 대한 개괄적인 그림을 그려 보였을 뿐 아니라 그 드넓은 공간 한가운데 왜 지로카스트라의 귀부인들이 별도의 자리를 차지하는지도 설명했다.

이 대목이 전체 발언 중 가장 모호했는데 보아하니 청중들은 각자 제 나름대로 이해한 것 같았다. 연사의 말로는, 귀부인의 조건, 달리 말해 '귀부인 신분'은 이 도시 안에서 남편의 작위와 재산 말고 다른 것에서, 무엇보다 높고 거대한 저택에서 생겨난 것이었다. 어느 외국인 도시계획가가 그들을 '건축 귀부인'이라고 명명한 데는 그럴 만한 이유가 있었던 것이다.

그의 말에 따르면 정신 나간 건축가가 세운 게 틀림없는 그 으리으리한 집들 안에서, 도무지 있을 법하지 않은 천장 아래서, 탄탄한 유리창 너머에서 어떤 변화가, 달이 서서히 이지러지는 것 같은 불가사의한 과정이, '귀부인화'의 첫 징후가 나타났다. 더구나 사람들은 귀부인들을 매우 불가사의한 모습으로 묘사했다. 극도로 창백하고 가슴과 배는 눈이 멀 정도로 새하얗고 더 아래쪽, 실크 속옷 속엔 당신을 기절하게 만들 정도로 아찔하고도 새까만 불가사의가 자리하고 있다는 것이다.

연설이 끝나자 안도의 한숨이 이어졌다. 다음 연사는 첫 문장부터 귀부인들에 대한 적의를 감추지 않았다. 대다수 사람들에게 향수를 불러일으킬 법한 귀부인들의 노래를 그는 추호의 망설임도 없이 퇴폐적이라고 규정했다. 그러나 커피를 마시는 관습은 이런 말로 묘사했다.

황제의 칙령처럼
커피의 시간이 도래하면……

다른 사람들에게는 귀족 출신의 흔적처럼 보일 수 있는 관습이 민중 출신 연구자의 눈에는 이 도시의 귀부인들이 기교적이라거나 귀족적이기 이전에 권력에 굶주렸다는 증거로 보일 뿐이었다.

자기 연설에 도취한 연사는 다시 고개를 들고 이 귀부인들이 오래전부터 도시를 차지하고 있다고 부르짖었다.

그의 말을 끊으려고 당위원장이 끼어든 것이 오히려 발언자의 공격성만 키웠다. 그는 입을 다물기는커녕 귀부인들이 도시에 군림할 뿐 아니라 도시의 감춰진 얼굴이고 영혼이고 분신이라고

노호하듯 외쳤다. 그의 말에 따르면 정신 나간 짓거리, 괴이한 언동, 그리고 이 도시에서 벌어진 죽은 자들과의 만찬까지도 이것으로 설명된다는 것이었다.

귀부인들의 죽음

귀부인들이 공격적인 태도를 취했다는 건 의심할 여지가 없는 사실이었다. 그것이 아무 의미 없는 일이었다는 것 또한 분명했다.

도시는 그 어느 때보다 경직되어 있었다.

관련된 회의들이 이어졌다. 그런데 그들이 이 문제를 이미 저들끼리만 알고 있는데도 사람들은 대부분 이 싸움에 끼어들지 않는 게 좋겠다고 생각했다. 신사들과의 문제는 늘 훨씬 쉬웠다. 그들을 법정에 호출하거나 현행범으로 체포해 화형해버리면 그만이었다. 부인네들을 상대로는 뾰족한 수가 없었다. 그녀들은 거의 저택을 떠나는 법이 없었기 때문이다. 기껏해야 계절에 한두 번 정도 외출할 뿐이었다. 그들은 신기루보다 더 잡기 힘들었다.

여름이 끝날 무렵, 모두가 예상한 두번째 자살 대신 당위원장의 파면 소식이 들려왔고, 그것은 거의 패배의 시인으로 해석되

128

었다.

그러나 좌절하기엔 일렀다. 귀부인들이 승리하는 것처럼 보이던 순간에도 격언대로 기다릴 줄 아는 사람에게는 때가 찾아왔다.

12월 17일, 오후가 시작될 무렵이었다. 한코니 가문의 가니메테 부인이 모피코트를 걸치고 굽 높은 구두 때문에 조심조심하며 바로시가와 고등학교가 만나는 네거리를 건너고 있었다. 그때 누군가, 좀더 정확히 말하자면 웬 여자 목소리가 그녀를 불러 세웠다. 안녕하세요, 가니메테 동지!

이름이 불린 여자는 벼락이라도 맞은 듯 그 자리에서 굳어버렸다. 그녀는 네거리 한가운데에서 그 자리에 못박힌 듯 한동안 꼼짝하지 않다가 잠시 후, 누가 자기에게 총을 쐈는지 확인하려는 사람처럼 천천히 고개를 돌리려 했지만 목덜미가 말을 듣지 않았다.

나예요, 가니메테 동지. 지역위원회의 트란다필리아예요. 내일 회의에 오실 거죠?

가련한 여자는 여전히 굳은 채 기댈 데라도 찾는 듯 손을 내밀었다가 심장께로 가져갔다. 그만 오금이 접히면서 그녀는 바닥에 주저앉아버렸다.

우연히 그 광경을 본 행인 두세 명이 달려와 병원에 연락을 취했고, 병원에서 하나뿐인 구급차를 보냈다.

이것은 시작에 불과했다. 그때까지는 생각조차 못했던 방식, 이 귀부인들을 내쫓을 방식이 드러나자 곧 사방에서 사냥이 시작되었다.

떠날 때를 놓친 황새처럼 이 도시의 귀부인들은 하나씩 차례로 쓰러져갔다. 동지! 그 치명적인 외침으로 날인된 운명이 그들을 덮친 자리에서.

똑같은 광경이 반복되었다. 제자리에 화석처럼 굳고, 있을 리 없는 누군가의 팔이나 기댈 데를 찾는 손. 이보세요, 저를 좀 부축해주세요, 라는 말. 그다음에는 총알이 어디서 나왔는지 보려는 욕구. 억눌린 호흡, 호흡곤란, 후들거리는 무릎, 마지막으로 졸도.

이런 식으로 같은 날 단 하루 동안 제카트 가문의 사베코 부인과 네르민 피초 부인이 쓰러졌는데, 피초 부인은 누구를 찾아가던 길이었고, 사베코 부인은 집으로 돌아가던 길이었다. 같은 주에 투르툴리 부인의 차례가 찾아왔다. 그녀는 철의 광장을 가로지르던 길이었다. 코칼라르 집안의 귀부인으로 이 년 만에 처음 코를 바깥에 내밀었다가 동지! 소리를 듣고 달아나려 했지만 다리가 말을 듣지 않아 보도 위에 멈춰 서고 말았다. 한때 왕의 비밀 정부였다고들 얘기하는 무카데스 야니나 부인은 낡은 다리 한가운데에서 즉사했다. 그녀를 죽인 여자는 더럭 겁에 질려 걸

음아 날 살려라 하고 사라졌다. 소솔리 가문의 한 귀부인은 난 동지가 아닙니다! 하는 말을 어렵게 내뱉고는 눈을 돌렸지만, 다른 이들은 아무 말도 못한 채 쓰러졌다. 두 명의 마리, 마리 라보비티와 마리 크로이도 마찬가지로 놀란 비명밖에 내뱉지 못했다. 아! 그러곤 불량배들에게 괴롭힘을 당할 때처럼 입으로 손을 가져갔지만 웃음은 전혀 나오지 않았다.

이런 식으로 성채 거리에서 병기고에서, 주아노 가게 앞에서, 국립은행에서, 체르치즈광장에서 귀부인들은 한 사람씩 쓰러져갔다. 체르치즈광장은 체르치즈*가 터키군 소령을 죽이고 나서 이봐, 터키 멍청이, 이 죽음을 네게 보낸 사람은 체르치즈야! 하고 말했던 곳이다.

귀부인들이 떠난 빈자리는 크게 느껴졌다.

이상하게도 더는 그들을 볼 수 없는 지금에 와서 사람들은 그들을 더 떠올렸다. 군용 들것에 실려 집으로 온 메리반 하쇼르바 부인의 경우나, 웬 집시가 던진 동지!라는 말에 쓰러져 병원으로 가는 길에 마지막 유언을 전하게 된 슈티노 부인의 경우처럼, 사람들은 무엇보다 사건이 일어난 정확한 장소를 기억했다. 그런데 사람들이 가장 잘 떠올린 건 무엇보다 현장이었다. 누구도 이

---

* 체르치즈 토풀리. 지로카스트라 출신으로 터키군과 맞서 싸운 애국 영웅.

름을 밝히려 하지 않는 어느 조각가가 귀부인들의 이름과 사건 날짜와 시간까지 빠뜨리지 않고 명판에 새기고 있다는 얘기까지 나왔다.

이런 일들이 있은 뒤로 귀부인들이 칩거한 채 절대 집 밖을 나오지 않으리라는 건 모두가 알았다. 그런 식으로 샤메트 집안의 두 귀부인인 페크메지 부인과 카를라시 부인이 틀어박혔다. 두 사람은 편지를 주고받을 때 아직도 가정에서 쓰던 옛날식 알파벳을 썼다. 차베이 집안의 한 부인, 피초 집안의 또다른 부인, 카다레 집안의 최고 연장자, 그리고 그 여동생인 나시베 카라조지까지 그해에 죽었다.

이해하기 어렵지 않았다. 귀부인들이 패배한 것이다.

2000일

귀부인들의 쇠락은 결코 기쁨이 되지 못했다. 그러니 회한과 그렇게 깨져버린 균형도 분별할 수 없는 채로 남았다.

그들의 부재가 오래도록 느껴지리라고 모두들 예감했다. 오롯이 수완을 소유할 다른 귀부인들, 대저택들을 만들기 위해서는 수십 년, 심지어 수백 년이 필요할 터였다.

그들이 없어지면 도시가 강경해지리라고 사람들은 예상했다. 아무도 누구에 대해 말할 처지가 되지 못했다. 귀부인들의 규범은 비밀로 남았다. 그들이 사라진 지금, 그들이 남긴 잿더미 위에서 무엇이 자랄지 아무도 알지 못했다.

얼핏 보기에 도시는 변하지 않은 것 같았다. 도시에 모욕당한 주변 들판과 부락과 마을에 마침내 복수의 시간이 울린 것처럼 보였다. 그런데 그들은 아직 용기를 내지 못했다. 도시는 여전히 속마음을 감추고 있었다. 귀부인들이 있을 때 도시는 어쩌면 매우 오만해 보였는지 모르지만, 귀부인들이 사라지고 난 뒤로는 한층 더 위험해 보였다.

이제 이 도시는 명백히 새 시대는 물론이고 어떤 시대에도 맞지 않았다.

어쩌면 이 도시가 박물관-도시로 선포될 거라는 소식에 어떤 이들은 명예로운 일로 여겼지만 대부분은 수치스러운 일로 여겼다. 제3의 관점은 재활의 희망을 되살리기 위해 노력했다. '재再'로 시작하는 단어들이 동원 캠페인의 가장 강력한 불씨로 등장했다. 광인로도 개명 대상 목록의 맨 꼭대기에 자리했다. 어떤 이들이 보기엔 그곳을 완전히 부수지 않고는 이루어질 수 없는 일이었다. 하지만 쉬운 일이 아니었다. 집이, 더 정확히 말하자면 골목에 자리한 최고지도자*의 집 잔해가 길을 가로막고 있었기 때문이다. 스컨둘라이 가문이나 샤메트 가문의 집 같은 다른 주거지들은 계획이 앞당겨지거나 늦춰졌다. 똑같이 가깝지만 길 건너편에 자리한 카다레 가문의 주거지는 암울한 생각만 불러일으켰다. 카다레 가문은 하즈무라트 구역에 있는 그들의 집을 도박으로 날려 가문의 수치가 되는 바람에 나쁜 평판을 결코 떨쳐내지 못했는데, 이 집안의 다른 거주지인 팔로르토의 저택이 끝내 이 도시의 평판을 더럽힐 거라고 생각하는 사람이 많았다. 이런 추측의 근거는 알려지지 않았지만, 모르기 때문에 그만큼 더 그럴듯해 보였다. 화재나 육중한 영국 폭격기만이 이 저택이 내뿜는 불안감을 끝장낼 수 있을 거라고 사람들은 말했다.

더 훗날. 3000일

광인로에 관해 떠도는 이야기, 아마도 그 길에 새 이름이 붙게될 거라는 이야기가 거짓말처럼 들리는 것과 마찬가지로, 그 길의 파괴를, 그리고 도시 전체의 파괴를 예언하는 이야기는 그해

---

* 알바니아 민족해방전선을 이끌었던 알바니아 공산주의 독재자 엔베르 호자를 가리킨다.

겨울에 권력의 꼭대기에서 꾸며지고 있는 일을 흐릿하게 반영한 것에 불과했다. 음모, 파벌 싸움, 공포정치 말이다. 전복의 두려움에 지친 기색은 보였지만 지도자는 승자가 되어 이 시기를 빠져나왔다.

원래보다 세 배나 큰 압도적인 규모로 그 집을 다시 세우겠다는 결정은 부흥의 시작에 불과했다. 도시 전체가 생기를 되찾았다. 복수나 굴종에 대한 소문이 불현듯 터무니없는 얘기처럼 들렸다. 도시는 굴복하기는커녕 오히려 위풍당당하게 다시 일어설 수 있었는데, 그것이 오히려 시대에 맞는 일이기도 했다.

또하나의 새로운 희소식이 찾아들어 열의를 불어넣었다. 대개 소문은 불행을 나르는데 이번에는 전혀 달랐다. 전례없는 사건이 이 도시에서 일어날 것 같았다. 어떤 사건인지는 아무도 알지 못했다. 당위원들조차도. 그렇다고 소식의 확산이 가로막히지는 않았다. 아마도 축하 잔치가 벌어질 모양이었다. 누구보다 저명한 초대 손님이 올 모양이었다.

이 도시가 소박한 방문 소식에 좋아할 만큼 벽지는 아니었다. 이 도시가 낳은 최고지도자 외에도 이미 조구왕*, 왕녀들, 그 자매들, 이탈리아의 베니토 무솔리니와 비토리오 에마누엘레도 친

---

* 1928년부터 1939년까지 재위한 알바니아 국왕.

히 맞이한 적이 있었다. 비토리오 에마누엘레는 알바니아와 이탈리아의 왕이라는 칭호 외에도 에티오피아 황제라는 칭호까지 가져서 한쪽 뺨이 검게 칠해져 있을 것이라는 농담까지 나돈 인물이었다.

제대로 성사되지 못한 방문도 물론 있었다. 세기 초 오스만제국 술탄의 방문이나, 지로카스트라 출신의 아침식사 급사장을 둔 술탄 왕비의 방문이 그랬다. 불발로 끝난 방문의 마지막 주인공은 아돌프 히틀러였다. 그는 이 도시가 발명했다고 주장하는 영구기관 비행기 때문에 이곳에 올 준비를 했다고 하는데, 전쟁이 발발하는 바람에 방문이 취소되고 말았다.

어쨌든 스탈린이 올 거라는 예고에 필적할 만한 건 없었다.

1953년은 이 근사한 소식과 더불어 시작되었다. 추위는 여전히 혹독했지만, 집집마다 처마에 매달린 고드름이 마치 부활절 대미사를 위해 준비된 것처럼 반짝였다.

3033일

모두가 그 소식에 취해 있었다. 카페마다 아침부터 저녁까지 스탈린이 지로카스트라를 선택한 것에 대한 온갖 의문을 쏟아냈다. 사람들 대부분은 동기가 자명하다고 주장했다. 이 도시가 최고지도자가 탄생한 곳인데다, 러시아 국경 밖 공산주의 세계의 모든 지도자들 가운데 알바니아의 지도자보다 스탈린에게 충직한 신봉자가 있었던 적이 없고, 앞으로도 없으리라는 사실을 모르는 이가 없다는 것이다. 다른 이유 쪽으로 기울어진 사람들은 그다지 고집하지 않고 한결 목소리를 낮췄다.

어쨌든 그들이 알지 못하는 이런저런 이유로 지로카스트라는 며칠 뒤 조명을 받게 될 참이었다. 속일 수 없는 징후들이 이 도시가 오래전부터 감춰온 야망을 명백히 드러냈다. 단 한 번일지라도 지구의 중심이 되려는 바로 그 꿈을.

사람들이 사용하고 남용하는 모든 것이 그렇듯이 이 행복의 한가운데서 저주의 사안邪眼이라고 부를 만한 것이 나타났다. 1월이 끝나고 끄트머리가 잘린 달이 시작되자마자 검은 섬광처럼 나쁜 소식이 등장했다. 스탈린이 오지 않는다는 것이다!

처음의 아연한 순간이 지나자 도시는 최고의 꿈에서 순식간에 세상의 하수구 속으로 떨어졌다. 의문들이 비 오듯 쏟아졌다. 왜?

틀림없이 그는 화가 났을 것이다. 대개의 재앙은 그 원인이 분노에 있다는 것이 첫번째 가설이었다. 그는 아마도 지로카스트라에 화가 났을 것이다. 아니면 알바니아에 화가 났든지. 유럽 전체에 화난 게 아니라면 말이다.

1908년에 터키 술탄이 방문을 취소했을 때, 그 이유를 알아내는 데 수년이 걸렸다. 누구도 생각하지 못한 이유였다. 알파벳 때문이었다. 술탄의 비서실에서 전해온 바에 따르면 오스만제국과 수세기 동안 좋은 관계를 유지해온 알바니아가 신의 없게도 글을 쓰는 데 아랍문자 대신 로마자를 선택한 것이 문제였다는 것이다!

명백히 스탈린이 술탄보다 위대하고 강력하므로 그 권위에 걸맞게 그의 분노 또한 납처럼 무겁고 무량할 게 분명했다.

3042일

이보다 더 음산한 2월은 떠올릴 수 없었다. 첫 주는 마음을 진정시켜줄 소식은커녕 소식이라곤 아예 없었을 뿐 아니라 예기치 않은 사건이 모두를 소스라치게 만들었다. 대구라메토와 소구라메토 박사가 체포된 것이다.

운명이 두 사람을 비교하게 만들지 않은 건 난생처음 있는 일이었다. 두 사람 모두 자정 즈음에 체포되었다. 둘 다 수갑을 찼고, 같은 감옥으로 연행되었다.

9장

샤니샤 동굴에 가본 사람은 없었다. 그런데도 모두가 그 동굴 얘기를 했다.

샤니샤 동굴이 열릴 것이다…… 당신은 샤니샤 동굴로 가도 싼데 이 정부는 진짜 너무 관대해요…… 샤니샤 동굴에 가려면 이리로, 샤니샤 동굴에 가려면 저리로…… 우린 샤니샤 동굴에서나 다시 만나게 될 겁니다…… 내 말이 거짓이라면 날 샤니샤 동굴에서 볼 수 있을 겁니다…… 당신 말이 거짓이면 샤니샤 동굴에서 썩어가게 될 거요…… 관광객 여러분, 여기가 그 유명한 샤니샤 동굴입니다…… 사람들은 샤니샤 동굴이 박물관이 될 거라고, 문을 닫을 거라고, 문을 다시 열 거라고, 검찰청 별관이 될 거라고, 심지어 정신병동이 될 거라고들 떠들어댔다.

모두가 그곳을 이 도시에서 가장 깊고 아마도 가장 무시무시한 감옥으로 여겼다. 그곳은 테펠레나의 알리 파샤 시절부터 폐쇄돼 있었는데, 그의 누이 샤니샤로부터 그 이름을 물려받았다. 이 젊은 여인을 납치해 강간한 자들이 그 감방에서 수일 낮과 밤 동안 고문을 당했다. 비밀 문을 통해 알리 파샤가 몸소 가혹행위를 감독했다.

정부가 사람들을 겁주려고 할 때마다 협박용으로 쓰긴 했지만 그 감옥은 그후 한 번도 다시 사용된 적이 없었다. 그곳이 다시는 열리지 않으리라는 생각이 사람들의 머릿속에 얼마나 확고히 자리잡았는지, 그곳을 다시 사용할 것이라는 소문이 나돌았을 때 사람들은 그곳의 문이 다시 열리리라고 생각하기보다는 전혀 다른 것을 먼저 떠올렸다. 성화聖畵 구매자인 척 굴었지만 사실은 고문 기구 구입에 관심이 있었던 네덜란드 수집가처럼 말이다.

잊지 못할 1953년 2월에 샤니샤 동굴이 개축될 것이라는 소문이 돌았을 때 일어난 일도 마찬가지였다. 사람들은 두 의사, 대구라메토와 소구라메토의 석방을 기대했다. 두 사람이 체포된 것이 지난번처럼 오류의 결과라고 믿었던 것이다. 그런데 저녁 늦게 그들이 오해의 결과로 체포된 게 아닐 뿐 아니라 한 세기 반 동안이나 닫혀 있었던 샤니샤 동굴을 다시 사용하게 되리라는 소식에 이 도시는 그 어느 때보다 발칵 뒤집어졌다.

전대미문이라는 수식어로도 부족한 소식이었다. 터키 도지사의 살해, 술탄 왕비의 독살 의혹, 심지어 왕에 대항해 일어난 무장 폭동이나 반공산주의 의원들의 음모 이후에도 다시 열리지 않았던 이 동굴이 두 의사 때문에 열린다는 건 정말이지 사실 같지 않아 보였다.

그런데 정말로 그들 때문에 동굴이 다시 열렸다. 두 의사가 이미 그곳에 갇힌 것이다. 두 사람 모두.

그곳엔 어떻게 갔을까? 어떤 돌을 머리에 맞을까? 옛 노래 가사처럼, 누가 그들에게 담요를 던져주었을까? 영원히 몰락해버린 두 구라메토에게······

옛날의 강간범들처럼 쇠사슬로 그들을 벽에 묶어두었을까? 고문으로 생긴 상처에 소금을 뿌렸을까? 그들을 구슬리려고 시도했을까····· 샴페인으로····· 음악으로·····?

깜짝 놀랄 의문들이 마구 쏟아지다가 마침내 누군가 가장 근본적인 의문을 떠올렸다. 그들의 잘못이 정확히 뭐길래?

처음에 그들에게서 잘못을 찾기가 어려워 보였던 것만큼이나, 나중엔 그보다 더 쉬운 일이 없었다.

세상은 바람과 비만 잔뜩 머금은 게 아니라 잘못도 잔뜩 짊어지고 휘청거렸다. 두 의사를 탓할 잘못도 얼마든지 찾아낼 수 있을 것이다. 필요 이상으로 찾아내어 심지어 다른 사람들에게 주고도 남을 것이다.

그런데 수사를 맡은 두 판사가 등장하면서 물결처럼 일던 추측들이 싹둑 잘렸다. 판사들의 이름은 샤코 메지니와 아리안 치우였는데, 두 사람 모두 이 도시 출신으로 모스크바의 제르진스키 내무 학교에서 얼마 전 학위를 받고 갓 돌아왔다. 그들은 희멀건 얼굴에 넥타이를 꽁꽁 동여맸으며, 외투는 비정상적으로 길어 보였다(그 학교와 이름이 같은, 비밀경찰의 우두머리인 제르진스키라는 자가 이런 종류의 외투를 입는다고 사람들은 얘기했고, 격언이 되어버린 그의 말까지 전했다. 외투 길이는 연민과 반비례한다……)

두 판사는 구라메토 사건을 훨씬 구체적인 차원으로 바꿔놓았다. 의사들이 분명히 지하 감옥에 갇혔다면, 적어도 그 위쪽 지상에는 마치 그들이 보내는 신호나 연처럼 판사들이 떠 있었다.

2월 13일 화요일, 그들은 서류를 옆구리에 끼고 무거운 걸음으로 샤니샤 동굴을 떠나 심리국이 아니라 병원으로 가기 위해 하즈무라트가를 향해 내려갔다.

병원 문 앞에서 렘지 카다레가 괜히 잔뜩 화가 난 얼굴로 그들에게 거부의 손짓을 했다. 여기서 무슨 일이 일어나건 나와는 상관없는 일이오. 잘못을 찾고 싶거든 다른 카다레, 팔로르토의 카다레 사람들 집으로 가서 조사하시오.

그는 독송 미사라도 보듯 중얼거리기 시작했다. 어허, 저 밑에서 꾸미고 있는 짓거리를 당신들이 안다면 이러진 못하지. 더러운 흉계를 꾸미고 있다고!

판사들은 당혹한 표정으로 그의 말을 듣더니, 우연히 로비에 있던 의사들과 간호사들이 지켜보는 가운데 곧장 병원 뜰로 나아갔다.

두 의사가 집도한 수술 목록, 더 정확히 말하자면 수술받은 환자의 전체 목록에 대한 조사는 아무런 불안을 야기하지 않았고, 오히려 드넓은 병원 전체에 안도의 분위기를 불러일으켰다. 미지의 곳에서 한 줄기 빛이 새어들어온 일이 처음이었기 때문이다. 게다가 빛과 동시에 약간의 희망도 새어들어왔다. 수술 도중 발생한 사망 건수에 대한 조사가 있었지만 그건 세상 어디서나 일어나는 일이었다. 가족들은 의사를 상대로 소송을 제기했고, 의사들은 자기방어를 했으며, 사건은 법정에서 마무리되었다.

판사들은 문서실에 네 시간 넘게 머물렀다. 그들이 다시 그곳을 떠나 중앙 출입구를 넘어서려 했을 때 렘지 카다레가 자신이 보기에 매우 중요한 무언가를 그들에게 알려주려고 그곳에 버티고 서 있었다. 수사 결과는 이미 소문이 나 있었다. 대구라메토 박사가 실행한 1만 2천 건이 넘는 수술 가운데 수술중이나 수술 후에 사망한 경우가 1800건이나 되었다. 그런가 하면 소구라메토 박사의 경우는 그 수치가 1천 건에도 미치지 않았다. (곧장 두 사람을 비교하고 싶은 유혹이 일었지만, 이번에는 그 어느 때보다 금세 사라졌다.)

*

흔히 그렇듯 두 의사를 겨냥한 심리는 두 가지 형식으로 이루어졌다. 샤니샤 동굴에서 실시된 비밀 심리는 누구도 알지 못했다. 또다른 심리는 병원, 영안실, 가족의 주거지, 때로는 묘지 등 다양한 장소에서 실시되었다. 시체검안서와 구술 증언에 의학 조서까지 더해졌다.

며칠 밤을 꼬박 새운 뒤로 얼굴이 창백해진 판사들이 도심에 나타나는 일은 점점 줄었다. 그들의 야윈 체구 때문에 코트가 한층 더 길어 보였다. 겉으로 드러난 심리라고 불렀던 것에도 이제는 감춰진 부분이 있다고들 생각했다. 기이하게도, 감춰진 심리는 죽은 자들이 아니라 산 자들과 관계된 것이었다. 완쾌된 사람들을 한 사람씩, 더 정확히 말해 그들의 흉터를 낱낱이 조사할 모양이었다. 흉터에서 누구도 생각지 못한 신호를 찾겠다는 것이었다. 다윗의 별 모양으로 된 봉합부라거나 불가사의한 메시지를 전하는 히브리 양식의 고대 상징이나 문신 같은 것을.

이런 말을 듣는 사람들은 이렇게 말했다. 당신 정신 나갔군요! 그러면 이런 응수가 이어졌다. 무슨 일이 일어날지 두고 보세요. 이 사건은 생각보다 멀리, 아주 깊숙이 진행될 겁니다. 두 의사가 산부인과의이기도 했으니 여성 신체의 가장 내밀한 부위까지 검사하게 될 겁니다. 어떤 부위인지는 다들 상상하시겠지요.

쉽게 믿는 사람들은 두 손으로 턱을 받치고 경청했고, 여자들은 울었다. 여자들 중에는 그런 상황이라면 의사들이 샤니샤 동굴을 영영 떠나지 않는 편이 낫겠다고 생각한 사람이 적지 않았다.

그런데 외국 라디오방송을, 특히 BBC를 듣는 사람들이 전대미문의 정보를 퍼뜨리고 다녔다. 테러리스트 의사 무리의 정체가 공산주의의 본거지, 다시 말해 크렘린 내부에서 드러났다는 것이다. 사건은 소련 사람들이 퍼뜨린 소문으로 알려졌으며, 게다가 그들은 그 사건을 '의사들의 음모'라고 규정했다. 북이며 나팔 소리도 없이, 아마 그럴 필요도 없었겠지만, 은밀히 전해진 이 소식이 온 지구를 뒤흔들 판이었다. 그 의사 무리는 요하네스라는 유대인 조직의 지령을 받고 인류 역사를 통틀어 가장 큰 범죄를 범하려고 했던 모양이었다. 전 지구적 차원의 암살을 통해 모든 공산당 지도자들을 청산하려는 범죄였다. 이오시프 스탈린부터 시작해서.

실제로 벌어졌다면 전례를 찾아볼 수 없을 범죄였다. 세계의 역사가, 지구 자체가 축에서 벗어날 만한 일이었다. 지구의 균형이 어쩌면 천년 동안 깨졌을지도 모른다. 다시 회복되리라는 보장도 없었을 것이다.

지로카스트라를 향한 것이라고들 생각했던 스탈린의 분노는 그러니까 분명히 존재했던 것이다. 분명 엄청난 분노였고, 다만 세상 전체를 겨냥한 것이었다.

이제는 이 음모와 지로카스트라가 연관이 있다는 생각이 그럴 듯해 보일 뿐 아니라, 심지어 처음에 터무니없어 보였던 것만큼이나 당연해 보였다.

크렘린에서 발각되긴 했어도 이 세계적인 음모에는 당연히 하부 조직이 있어 곳곳에서 그 뿌리를 뽑고 있었다. 헝가리, 동독, 폴란드, 그리고 알바니아(어휴!), 몽골까지.

사람들은 열심히 머리를 굴렸다. 그러니까 민중의 아버지가 방문할 것이라는 소식은 괜히 나온 말이 아니었다.

그 방문 소식을 두 가지 방식으로 분석해볼 수 있었다. 첫번째 가설은 스탈린이 정말로 오려고 했다는 것이다. 오래전부터 스탈린의 첫 외출 때 덮칠 준비를 해온 요하네스 조직은 지로카스트라에 준비하고 있으라는 명령을 내렸다. 음모 가담자들이 두더지처럼 고개를 내밀었다. 그때 바로 그들을 때려잡은 것이다.

두번째 가설은 거짓 방문 소식을 일부러 퍼뜨렸다는 것이다.

요하네스 조직과 지로카스트라를 동시에 잡으려고. 고개를 내민 두더지들을 일망타진하려고.

어느 경우가 되었건 지로카스트라는 영예를 갈망한 대가를 치렀다. 당대의 관심을 끌지 못하던 그 이름을 사방에서 속닥이는 소리가 분명히 들렸다. 공산당 진영은 불안에 휩싸였다. 명령, 계엄, 비밀 전언이 진영의 바닥까지 샅샅이 훑었다.

2월 16일 오후 세시, 바로시가와 고등학교가 만나는 지점에서 행인들이 지켜보는 가운데 맹인 베힙의 손에 수갑이 채워졌다.

구경꾼들은 제 눈을 믿지 못했다.

*

석고처럼 새하얀 얼굴에 폭력의 흔적이라곤 찾아볼 수 없는 긴 드레스를 걸치고 그녀가 마을로 다가섰다. 그녀는 느린 걸음으로 걷고 있었지만 사람들이 예상한 것처럼 고개를 떨구지 않았고, 묘하게도 공허한 눈길로 먼 곳을 응시했다.

예전에 그녀가 사흘 낮 사흘 밤 동안 능멸당한 카르디크 마을을 그런 모습으로 떠나는 걸 사람들은 보았다. 그리고 이제 그런 모습으로 그녀가 테펠레나로 다가가는 것도 지켜보았다. 입에서 입으로 전해들은 사람들이 상상한 것보다 훨씬 창백한 모습이었다. 사람들이 그녀에게 바친 노래는 이런 말로 시작되었다.

검은 샤니샤 동굴이여
너를 보니 이성이 달아나는구나,

만든 날짜도 만든 이도 알 수 없는 노래였다.

그녀의 오빠 테펠레나의 알리는 망루에 올라 군용 망원경으로 누이동생이 걸어오는 걸 지켜보았다. 그의 분노가 검은 만큼이나 누이는 새하였다. 걸음걸이를 보면 그녀가 죽음을 찾아오고 있다는 걸 확실히 알 수 있었다. 물론 오빠의 손에 죽으려고 오는 길이었다.

그는 누이의 바람을 들어주었다. 침착하게 이마 한가운데 한 발, 그리고 다시 이마에 한 발, 심장에 한 발, 그리고 네 발, 다시 열네 발, 또 몇 발인지 모르게 총을 쏘아 그녀를 죽였다. 그는 그녀를 죽이고, 온갖 종류의 무기로 다시 죽였다. 그런데도 그의 마음은 조금도 달래지지 않았다. 오히려 그는 슬픔이 복받쳐 죽은 누이를 물끄러미 응시하다가 이마에 입을 맞추었다.

훗날, 그 노래를 듣고서 그는 이렇게 혼잣말을 했다. 아, 내가 정말 그 아일 죽였구나!

누가 지었는지 알 수 없는 그 노래엔 이중의 의미가 담겨 있었다. 오빠가 강간범들을 벌하려고 일부러 파게 한 감옥인 샤니샤 동굴에 갇힌 강간범들이 부르는 것으로 해석할 수도 있고, 그 노래가 여자 몸의 숙명적인 부분, 강간범들이 이성을 잃게 만든 음부를 암시하는 것으로 생각할 수도 있었다. 그러나 이 경우건 저 경우건 노래하거나 한탄하는 건 분명 강간범들이었다.

오스만제국의 가장 강력한 파샤인 테펠레나의 알리, 술탄에게 감히 맞섰던 그이지만 사십 년이 넘도록 노래 내용에서 암울한 암시를 벗겨내지 못했다.

1953년 2월 17일 자정 직전, 알바니아에서, 아니 어쩌면 공산주의 진영을 통틀어 가장 훌륭한 판사들인 샤코 메지니와 아리안 치우는 그 유명한 동굴 계단을 내려가면서 머릿속에서 노래 가사를 떨쳐내지 못했다. 그 노래 가사에 뒤얽힌 공포, 점점 흐릿해져가는 관능적인 쾌락에 얽힌 공포에 사로잡혀 다리가 후들거렸다.

어린 시절부터 머리에 떠올렸던 두 의사가 수갑을 찬 채 그들 앞에 끌려왔다. 알전구가 견디기 힘든 빛을 내뿜었다. 두 사람 중 어느 쪽도 돌 천장 아래에서 목소리의 울림을 내지 않았다.

입을 열었을 때 그들은 그 울림에 상상했던 것보다 훨씬 더 당황했다.

말은 분명 그들의 것이었지만 목소리는 그들의 것이 아니었다. 꼭 흘러간 시절의 배우들의 목소리 같았다. 목소리들은 냉랭한 메아리에 휩감겨 천천히 맴돌다가 사라졌다. 다아앙시인드을 으은……사아알이이인……죄에에로오……

이 말을 알아들을 수 있을 때까지는 어느 정도 시간이 필요했다. 의사들은 외과수술중에 환자들을 살인한 죄로 기소되었다. 누가, 왜, 어떻게, 하고 항의해봤자 소용없었다. 누가도 왜도 없었다. 그들은 오직 심리 결과에만 귀를 기울였다. 이 프롤레타리아 민주주의국가는 세계에서 가장 공정한 국가이므로 결코 무고한 사람들을 단죄하는 일은 없을 터였다. 수사에 따라 두 사람의 살인 혐의는 벗겨졌다. 수술받은 사람들의 명단과 범죄…… 아니 죽음의 정확한 시간을, 그리고 무엇보다 희생자…… 아니 고인들의 전기를 이미 낱낱이 조사했다…… 죽은 자들이 공산주의 지지자인지, 왕정주의자인지, 민족주의자인지 아니면 아무 사상이 없는 자들인지, 그 비율을 살펴보니 의사들의 정치적인 성향이 전혀 드러나지 않는다는 결론이 났다. 따라서 그들의 혐의는 완전히 풀렸다.

의사들은 안도의 한숨을 내쉬었지만 두 판사의 눈길에는 수긍의 기미가 전혀 보이지 않았다. 우리가 드릴 건 이제 한 가지 질문밖에 없습니다. 단순하지만 중요한 질문입니다.

질문은 아주 오랜 침묵 끝에야 던져졌다. 당신들이 살인을 저지르지 않았다는 건 이제 압니다. 그런데 이런 질문을 드리고 싶군요. 혹시…… 그 소문을 못 들었는지……

거의 한목소리로 의사들이 말했다. 뭐라고요? 놀란 대구라메토 박사의 입에서는 독일어까지 튀어나왔다. 바스(뭐라고요)?

판사들은 해명하려고 애썼다. 우리가 한 말을 문자 그대로 받아들여서는 안 된다. 그저 일반적인 암시일 뿐이다. 말하자면 떠도는 생각일 뿐이다. 살인을 저지르기 위해 의사들을 이용했을 가능성에 대한 생각. 물론 정치적 살인 말이다. 이를테면 공산당 지도자들을 겨냥한 살인.

아연실색해서 내지르는 고함이 똑같이 반복되었다. 처음처럼 독일어로도 쏟아졌다.

물론 결코 그런 일은 없다. 결단코. 우린 의사이고, 히포크라테스 선서를 한 사람들이다. 어느 누구라도 농담일지언정 그런 혐오스러운 일은 감히 입에 올려선 안 될 것이다.

심문이 끝났다고, 판사 한 사람이 선언했다. 여러분이 확인했듯이 우리는 공정했습니다. 우리는 그저 진실을 알고 싶었을 뿐입니다. 경비, 용의자들을 데려가시오.

　　　　　　　　　　　　　　*

　두어 시간 후, 새벽 세시를 알리는 종이 울렸을 때 의사들이
다시 연행되었다. 달라진 건 판사들의 목소리만이 아니었다. 판
사들은 이제 동굴 주민이 되어 있었고, 게다가 내뱉은 첫마디도
이러했다. 우리가 샤니샤 동굴에 있다는 사실을 아마 모르시진
않겠죠.

　의사들은 고개를 끄덕였다.

　양측은 한동안 서로를 쳐다보았다. 우리가 두 시간 전에 선언
한 것을 번복하리라고는 생각하지 마시오. 이를테면 하하하, 우
리를 제대로 속인 줄 알았지요? 우리가 당신들이 무고하다 믿는
다고 정말 생각했던 겁니까? 이렇게 말이오. 아니오. 그럴 리가.
당신들이 살인 기소를 벗은 건 맞소. 그렇지만 이제는 전혀 다른
문제에 대해 심문할 거요.

　그런데 판사들은 동굴이 점점 자신들을 덮쳐온다는 느낌을 받
았다. 그때껏 느끼지 못했던, 관능과 고통이 뒤섞인 뜨거운 물결
같은 것이 그들을 태워버리려 하고 있었다. 그들은 단지 판사가
아니라 동시에 테펠레나의 알리의 누이를 범한 강간범이었으며,
형벌을 받는 자이자 형벌 집행인이었다.

　대구라메토 박사, 이제 1943년 9월 16일의 만찬에 관해 묻겠

소……

그들이 한 어떤 말도 의사를 그토록 무너뜨린 적이 없었다.

아! 그 만찬…… 그가 내뱉지는 않았지만 이 말은 그의 온 존재에서 배어나왔다. 눈, 숨결, 심지어 머리카락에서도.

판사들이 눈길을 주고받았다.

뭘 알고 싶은 겁니까? 구라메토가 말했다. 그러나 그의 목소리는 이렇게 말하는 듯했다. 그때 무슨 일이 일어났는지 아는 게 가능할까요?

우리는 진실을 알고 싶소. 판사들이 거의 한목소리로 대답했다. 매 시간, 매 분 일어난 일을 말이오.

의사의 눈이 허공에 머물렀다.

그는 알고 있었다. 말로 표현할 수 있을까. 이날까지 사람들이 애써 한 일은 정반대의 것이었다. 암묵의 동의로써 모든 걸 차가운 망각의 재로 뒤덮어둔 것이 거의 십 년째다. 알바니아의 망각과 독일의 망각. 왕정주의자, 민족주의자, 공산주의자.

그런데 이제야 그걸 잿더미에서 꺼내길 요구하는 것이다. 미라처럼 온전하게, 고스란히 꺼내길……

모든 걸 알고 싶습니다. 판사들이 거듭 말했다. 일어난 일. 얘기된 것과 얘기되지 않은 것 모조리.

대구라메토의 눈꺼풀이 반쯤 다시 감겼다. 순간 그는 머릿속에서 맹인 베힙의 흰자위를 보았다. 맹인의 말투는 느리고 단조로웠다. 시청 광장, 젖은 아스팔트, 한가운데 자리한 체르치즈 동상이 놀라울 정도로 선명하게 떠올랐다. 장갑차에서 내려 저린 다리를 푸는 전차병들, 군화에 묻은 진흙에 신경이 쏠린 장교들, 어깨에 군용 외투를 걸치고 기관총이 장착된 장갑차 문에 기댄 채 부대를 친히 지휘하는 그의 대학 동창 프리츠 폰 슈바베 대령은 그가 다가가는 동안 웃음 띤 눈길로 그를 좇았다.

재회의 감격, 나 알아보겠어? 나 변했지? 등의 말 다음에는 알바니아의 배신에 대한 그의 실망, 도시와 인질에 대한 보복 위협이 이어졌다. 말만큼이나 위협적인 철십자훈장이 음험하게 번득였다.

저녁 초대와 만찬에 대해 말하기 전에 대구라메토는 세부 사실까지 길게 얘기해야 하는지 물었다. 판사는 필요하다고 생각되면 그러라고 대답했다. 그러자 그는 초대와 독일인의 응낙, 그리고 만찬에 대해 얘기했다. 참석자들을 묘사하고, 음악과 샴페인을 곁들인 분위기를 묘사했다. 그리고 인질 석방에 대해서는 길게 얘기하지 않았다. 밤을 새우고 난 뒤 모두가 기진맥진한 새벽 상황을 묘사한 그의 마지막 말 뒤로 긴 침묵이 흘렀다. 결국 샤코 메지니가 침묵을 깼다. 단 두 마디뿐이었지만 나쁜 징조였다.

그게 다요?

구라메토 박사는 침묵을 지켰다. 다른 판사가 그의 어깨 쪽으로 몸을 기울이며 거의 감미로운 목소리로 속삭였다. 당신이 우리에게 얘기한 건 정확한 사실이오. 그렇지만 이건 우리가 대략 알고 있는 거요. 우리는 나머지를 듣고 싶은 거요. 우리가 알지 못하는 비밀 말이오.

구라메토는 그 자리에 굳어버린 것 같았다. 판사들은 두세 차례 서로를 쳐다보았다. 그러나 결과는 실망스러웠다. 내면의 어떤 의혹이라도 떨쳐내려는 듯 고개를 저으며 구라메토가 말했다. 비밀은 없어요.

샤코 메지니가 철제 등받이에 몸을 기대며 말했다. 이런 말 하게 되어 애석하지만, 의사 선생, 솔직하지 못하시군요.

구라메토의 눈이 굳었다.

그렇게 안 봤는데 말이오. 판사가 덧붙였다.

그는 자신이 방금 내뱉은 말이 심리의 범주를 넘어 자신에게 만족감을 안겨주었다는 걸 이해시키려는 듯 고개를 가볍게 끄덕였다.

그의 눈앞에서 대구라메토가 드디어 무너진 것이다. 취기어린 열기가 샤코 메지니를 엄습했다. 이때까지는 자신이 이 순간을 얼마나 기다려왔는지 그도 알지 못했다. 좌절의 시간에, 심리를 성공적으로 마칠 수 있을지 의혹이 들었을 때 그는 상관들의 불평보다 혹시 의사가 잘 버틸지 걱정했다. 수사를 맡은 날 이후로, 설명할 길 없이 막연히 그의 생각은 온통 수감자 쪽으로 쏠렸다. 그는 바로시가에서 무심하면서도 진중한 걸음으로 병원으로 향하는 의사를 수십 번이나 보았다. 마음속으로 그는 의사를 닮고 싶었다. 모두에게 무심하면서도 모두의 주목을 받는 사람이 되고 싶었다. 그런 식으로 의사를 우러러보는 사람이 자기만이 아니라는 사실을 그도 알았고, 상대의 광휘가 외과의사로서의 명성과 독일 유학, 그에 관해 사람들이 얘기하는 모든 것에서 비롯된다는 사실도 모르지 않았다.

훗날, 시골의 저명인사들이 하나씩 기가 꺾여가던 시절에 모스크바에서 학업을 마치고 돌아온 그는 대구라메토가 여전히 소구라메토보다 두 배는 더 압도적인 오라를 간직하고 있다는 사실을 확인하고도 놀라지 않았다. 그는 또한번 대구라메토에게 끌렸는데 그 끌림에는 어딘지 열띤 데가 있었다. 그의 눈에 그 의사는 다가갈 수 없는 존재처럼 보였을 뿐 아니라 적대적으로 보이기까지 했다. 대구라메토 같은 사람이 장애물이 된다는 사실을 그는 받아들이기 힘들었다. 새로운 사상, 사회주의의 구축이나 그와 유사한 것들을 가로막는 장애물이 아니라 종에 내재하는 장애물이었다. 남성들 사이의 경쟁 관계가 모두 그렇듯이 냉혹하고 거대한 장애물이었다.

대구라메토 박사는 그에게 장애물이었다. 손에 메스를 들고 얼굴 아래쪽엔 흰 마스크를 쓴 그는 누구도 그에게서 벗겨낼 수 없는 권위를 독점했다. 그리고 그것으로는 부족하기라도 한 것처럼, 그는 산부인과의사이기도 했다. 샤코 메지니의 눈에 산부인과의사는 여자들 위에 군림하는 존재였다. 특히 아름다운 여인들 위에 군림하는 존재. 여인들은 완전히 무방비 상태로 변덕도 부리지 않고 유혹적인 눈길도 던지지 않고 그에게 복종했다. 여인들 위에 군림하다니! 이것이야말로 잔인하게도 샤코 메지니에게 결핍된 것이었다. 그는 추하지는 않았지만 아름다운 여인들의 관심을 끌 만큼 특혜를 타고난 사람도 못 되었다. 물론 평범한 연애는 몇 차례 경험했지만 아름다운 여인, 진정한 여인과의 연애 경험은 단 한 번도 없었다. 여인들 위에 군림한다는 건 꿈꿔볼 필요조차 없는 일이었다…… 그런데 구라메토, 그는 소유하지 않고도 여자들을 지배했다. 샤코는 여자들이 진찰받을 필요가 없는데도 일부러 그를 찾아간다고 마음속으로 믿었다. 어쩌면 구라메토가 그의 어머니의 아랫배도 만지지 않았을까?

이런 모든 생각들이 그의 머릿속에서 게으른 구름처럼 떠돌았다. 그런데 이날, 그가 호출을 받고 갔다가 대구라메토 박사를 심문하게 되었다는 사실을 알았을 때 혼돈이 불현듯 앞서 말한 구름을 뒤덮었다. 그가 한 번도 겪어본 적이 없는 혼란이었다.

행복감이 달뜬 도취감과 뒤섞였고, 도취감은 묘하게도 공격성과 뒤섞였다. 이제 그 생각은 벌거벗은 채 고스란히 모습을 드러냈다. 대다수에게 방해물이 된 대구라메토가 무엇보다 샤코 메지니 개인에게 장애물이었다는 생각이었다. 그는 줄곧 장애물이었다. 모든 면에서…… 제르진스키 학교에서는 이 주제의 강좌까지 열었는데, 모든 교과 중에서 가장 까다로운 강좌였다.

복수의 갈증은 두려움이라는 감정과 분리되지 않았다. 물론 그는 그 감정에 수갑을 채워두었지만 그래도 안심이 되지 않았다. 어떤 이유인지는 알 수 없지만, 그는 수갑이 그 감정을 더욱 위험하게 만들 수도 있다고 생각했다. 샤코 메지니는 대구라메토가 두려움을 알 수 있으리라고 생각하지 못했다. 그는 샤니샤 시절부터 동굴에 자리하고 있는 고문 기구를 남몰래 훔쳐보곤 했지만 그래도 안심이 되지 않았다. 메스로 수천 명을 공포에 떨게 한 사람이 어찌 두려움을 느낄 수 있겠는가?

두려움과 마찬가지로 판사는 구라메토 박사가 거짓말도 알지 못한다고 믿었다. 두려움과 거짓말은 연결되어 있기 때문이고, 바로 그런 이유로 외과의사와 맞닥뜨렸을 때 그는 느닷없는 불안감에 사로잡혔다. 적에 대한 분노는 불현듯 다른 감정에 자리를 내주었다. 적은 해쓱하고 멍한 얼굴로 수갑을 찼지만 결코 겁에 질리지는 않았다.

샤코 메지니는 자신이 태연히, 적개심은커녕 수감자에게서 호감을 끌어내려고 애쓴다는 걸 느끼고서 스스로 부끄러웠다. 거의 은밀한 방식으로 그는 의사에게 이런 메시지를 보냈다. 당신한테 일어난 일은 유감이오. 하지만 난 아무 책임이 없소. 털어놓고 이 역경에서 빠져나오시오. 우리 모두를 끌어내란 말이오!

그의 무언의 격려에 대답이라도 하듯, 이 도시의 전설이자 명망 높은 외과의인 대구라메토 박사는 무너졌다. 숙명적인 순간에 자살을 시도했다. 그가 거짓말을 한 것이다.

이 점에 대해 샤코 메지니는 전혀 의심하지 않았다. 이 끝날 것 같지 않은 하루 동안 두 판사와 그들의 상급자들은 여러 차례 티라나에 연락을 했고, 티라나는 티라나대로 공산당 진영의 다른 지도자들과, 어쩌면 스탈린과도 직접 이 심리에 관해 얘기를 나눴는지도 모른다. 비행기 한 대가 티라나에 내렸고, 그 비행기가 지로카스트라 비행장에 착륙하길 기다리던 바로 그 순간, 의사의 이야기에 마침내 첫번째 균열이 일어났던 것이다.

판사는 기쁨을 감추지 못했다.

샤코 메지니는 자신의 승리를 더 분명히하기 위해 일어나서 숨을 깊이 들이마시고 싶었을 것이다. 마침내 모든 게 질서를 되찾았다. 대구라메토 박사는 굴러떨어졌고, 아직 젊어 파릇파릇 날이 선 판사인 샤코 메지니가 그의 위에 우뚝 섰다.

이 기적을 만들어준 공산당에 대한 감사의 마음이 밀려들어 오열로 터져나올 지경이었다.

그의 눈길이 다시 옛날 고문 기구를 어루만졌다가 피고인을 뚫어지게 응시했다.

구라메토 박사, 샤코 메지니가 억지로 가성을 내려 애쓰며 말했다. 사람들이 부르는 대로라면, 대구라메토 박사, 당신이 우리에게 방금 한 얘기는 뭔가 좀 비현실적이지 않소? 그렇게 오랜 세월이 흘렀는데 대학 동창과 그런 식으로 감동적인 재회를 한다는 게 말이오! 그 절친한 친구가 묘하게도, 하필이면 알바니아를 점령한 독일군의 우두머리로 나타난 것도 이상하고…… 꼭 옛날에 학교에서 배우던 우화 같지 않소?…… 음악과 샴페인을 곁들인 만찬, 인질 석방과 도시 구출은 말할 것도 없고. 꼭 연출 같지 않소? 이런 코미디는 이제 그만두고, 그 코미디가 감추고 있는 걸 얘기하는 게 좋지 않겠소?

연출은 없었습니다. 구라메토가 그에게서 눈을 떼지 않은 채 말했다. 코미디는 없었어요. 그런 건 전혀 내 취향이 아닙니다.

판사들의 눈빛에 이젠 빈정거리는 낌새가 분명히 반짝였다. 샤코 메지니가 유일하게 겁내는 건 추락한 구라메토가 재기할 방법을 찾는 것이었다. 그런데 다행히도 그는 점점 더 깊이 늪에 빠져들었다.

그게 연출이라는 것이 밝혀지면 어쩔 거요? 그게 연출이었다는 걸 우리가 입증할 수 있다면?

구라메토가 거만한 얼굴로 고개를 저었다.

판사들은 그 이상의 뭔가를 기다리고 있다는 걸 감추지 않고 각자의 손목시계를 들여다보더니 뭐라고 속삭였다. 그런데도 구라메토는 전혀 영향을 받는 것 같지 않았다.

한동안 단조로운 말투로 지긋지긋하게 똑같은 말이 되풀이되었다. 그날과 9월 16일 밤 사건의 개연성 혹은 연출 여부에 대해. 그리고 판사들은 자신들이 뭔가를 기다리고 있다는 걸 감추지 않았을 뿐 아니라 비행기라는 말까지 내뱉었다.

그들은 티라나에서 오는 비행기를 기다리고 있었다. 늦어지고는 있었지만 비행기는 반드시 도착할 터였다. 새벽에라도.

질문과 대답이 이어지는 사이, 판사들은 소구라메토 박사가 출석해 있다는 사실을 떠올렸다. 그의 왼손은 동료의 오른손과 함께 수갑이 채워져 있었는데, 몇 시간 동안 그는 그 자리에 없는 사람처럼 한마디도 하지 않았다.

판사들은 두세 번 그에게 질문하려는 듯하다가, 그가 그날의 사건에 가담하지 않았다는 사실이 떠올라서인지 아니면 그저 지쳐서인지 이내 그를 잊었다.

분명 양측 모두에게 피로가 엄습하고 있었다. 동굴 입구에서 인기척이 희미하게 들려왔다. 그러더니 발소리와 맹인의 지팡이 소리 같은 것이 들려왔다. 얼마나 지쳤는지 판사들은 종종 소구라메토 박사를 잊었을 뿐 아니라 소구라메토가 그림자처럼 사라져버려 그들 앞에는 두 사람이 아니라 단 한 사람, 대구라메토 박사만 있는 것처럼 보였다. 이와 유사한 느낌이 대구라메토에게도 엄습했는데 다른 점이라면 그의 앞에 자리한 두 사람이 하나가 아니라 셋으로 보인다는 것이었다.

따라서 그는 세 명의 판사를 맞대면하고 있었기에 이렇게 생각했다. 당신들이 셋이건 열셋이건 나한테서 더는 아무것도 얻어내지 못할 겁니다.

셋 모두 그의 앞에서 안개 속처럼 떠다녔는데, 그들 중 하나가 심지어 독일어로 뭐라고 중얼거렸다. 잠시 후, 어떤 소리에 눈이 번쩍 뜨이면서 그는 자신이 꿈을 꾼 게 아니라는 사실을 깨달았다. 그의 앞에는 실제로 세 명의 판사가 있었고, 셋 중 한 사람이 정말로 독일어로 말하고 있었던 것이다. 그 사람이 그에게 두번째로 말했다. 헤어(선생).

구라메토는 소스라치게 놀랐다. 동굴의 틈새로 잿빛 햇살이 새어들어왔다. 아마 날이 밝은 모양이었다. 모두가 완전히 깨어난 것 같았다.

헤어 그로세 구라메토(대구라메토 선생), 새 판사가 말했다. 나는 동독 비밀경찰의 슈타지 장교요.

그의 독일어는 알바니아어보다 훨씬 더 은밀한 반향을 일으켰다. 장교는 그를 심문하기 위해 베를린에서부터 날아왔다고 이야기했다. 이 심리는 공산당 전 진영에서 더할 나위 없이 중대한 사건이었다. 그러니 진지하게 임해달라고 그가 청했다.

독일인 판사는 수사 내용에 대해서는 이미 알고 있다고 밝혔고, 그러니 1943년 9월 16일 낮과 이어지는 밤의 사건들을 매우 간략하게 얘기해달라고 요청했다.

구라메토 박사는 고개를 끄덕였다. 그는 질문받은 언어, 다시 말해 독일어로 대답했다.

죄수의 두번째 이야기는 첫번째와 거의 동일한 시간이 걸렸다.

이어지는 침묵을 깨고 세번째 판사가 침착한 목소리로 물었다. 그게 사실이오?

네, 죄수가 대답했다.

견디기 힘든 침묵이 흘렀다. 그제야 두 알바니아 판사의 귀에 대고 속삭이는 통역사가 사람들의 눈에 들어왔다.

당신이 방금 한 말은 사실이 아니오. 독일인이 말했다.

구라메토는 잠자코 있었다.

당신이 1943년 9월 16일에 알바니아 땅에서 만났다고 주장하는 독일 장교, 프리츠 폰 슈바베 대령은 그 자리에 있지 않았소.

독일인의 목소리가 한층 더 근엄해졌다. 그는 피고인에게서 눈을 떼지 않은 채, 프리츠 폰 슈바베가 알바니아 땅에도, 다른 어떤 땅에도 있지 않았다고, 왜냐하면 그 날짜엔 이미 사 개월째 땅속에 묻혀 있었기 때문이라고 단언했다.

구라메토의 얼굴이 일그러졌다. 독일인 판사는 프리츠 폰 슈바베 대령이 중상을 입고 1943년 5월 11일, 다시 말해 알바니아가 점령되기 사 개월 전에 우크라이나 야전병원에서 사망했다고 밝혔다. 판사는 그의 사망진단서와 병원에서 찍은 사진과 장례식 사진까지 갖고 있었다.

그런 건 필요 없습니다. 구라메토가 힘없는 목소리로 판사의 말을 잘랐다.

마치 목이라도 부러진 것처럼 그의 고개가 별안간 가슴께로 툭 떨어졌다.

잠을 좀 자야겠습니다. 잠시 후 그가 말했다. 부탁입니다……

판사들은 눈길로 상의했다.

10장

사람들이 으레 세기의 엄청난 음모로 꼽는 사건에 관한 소문이 전 세계로 퍼져나가는 동안, 심리는 지구의 삼분의 일에서만 계속되었다. 심리는 11개 공산주의국가에서 27개국 언어와, 하위 지방어까지는 치지 않더라도 39개 지방어로 진행되었다. 400개의 감방에 갇힌 약 400명의 의사들이 쉬지 않고 심문을 받았다.

감방에서는 외부의 소식은 조금도 들을 수 없었고, 마찬가지로 밖에서도 감방에서 일어나는 일을 전혀 알지 못했다. 샤니샤 동굴도 그런 감방 중 하나였을 뿐이다.

이튿날 오후 그들은 다시 모두 모였다. 수감자 두 명과 판사 세 명, 그리고 그들 뒤로 통역사가 희미한 어둠 속에 자리했다.

실은 그게…… 실은 보자마자 어쩌면 그 친구가 아닐지도 모른다고 생각했습니다.

구라메토의 말은 그의 입술을 떠나 느릿느릿 궁릉 속으로 빨려들어갔다.

그는 뭔가를 정확히 기억해내려고 애쓰는 사람처럼 눈살을 찌푸렸다. 그리고 머릿속으로 시청 광장과 젖은 아스팔트, 카페의 닫힌 문 앞에서 한 손을 들어 손처마를 만들고 창 너머로 카페 안을 들여다보며 뭔가를 식별해보려고 애쓰던 전차병들을 떠올렸다.

그를 호위하던 병사들이 고갯짓으로 기관총이 장착된 장갑차 중 하나를 가리켰고, 그 사람이 거기서 그를 기다리고 있었다. 가는 길에 병사들이 이미 구라메토에게 분명히 알린 터였다. 당신의 대학 동창인 대령이 시청 광장에서 당신을 기다리고 있다고.

대령은 한쪽 무릎을 구부리고, 눈은 검은 안경 뒤에 가린 채 장갑차에 살짝 기대서 있었다. 다가가기도 전에 구라메토는 가슴이 조여드는 걸 느꼈다. 나 못 알아보겠어? 하는 소리를 듣자 가슴이 더 심하게 메어왔다. 목소리가 달라진 것 같았다.

상대가 검지로 자기 얼굴의 흉터를 가리키며 웃었다. 외과의사가 아닌 사람이라도 충분히 볼 수 있을 흉터였다.

두 사람이 끌어안으려고 팔을 벌린 순간 대령은 흉터가 네 개라고 말했다.

물론 상처 때문이기도 했고 다른 이유 때문이기도 했습니다. 군복을 입은데다 십오 년 동안이나 서로 보지 못했고 게다가 전시이기도 했으니까요. 구라메토가 말했다.

그는 둘이 나눈 대화를 거의 똑같이 얘기했다. 알바니아의 배신, 손님맞이 관습과 두카지니 법 카눈을 어긴 데 대한 대령의 실망, 인질에 대한 압박. 마지막으로 만찬 초대까지.

만찬의 묘사도 동일하게 이어졌다. 가면의 착용과 같은 몇 가지 세부 사실이 추가된 것만 달랐다. 가면은 옛날 학생 축제 때 유행하던 것이었다. 프리츠 폰 슈바베가 예전에 그 유행을 따랐었는지는 기억하지 못했지만 그는 어떤 이유에서 상대가 가면을 썼다 벗었다 하는지 이해하지 못했다. 당연히 이따금 의심이 그의 뇌리를 스쳤는데, 특히 상대의 사소한 기억이 부정확할 때 그랬다. 그렇지만 그는 동일한 추론에 기대어 의심을 물리쳤다. 세월이 흘렀고, 군인이라는 그의 이력, 그리고 전시라는…… 그는 새벽에 일어났던 일에 대해 특히 길게 얘기했다. 운명이 덮친 그 자리에서 그들을 발견한 구라메토의 딸은 아버지가 손님들과 가족을 독살했다고 믿었다. 아버지는 아버지대로 딸을 의심했다.

그의 이야기에서 새로운 점은 그가 나중에 의심을 품었다는 것이다.

식사가 끝난 직후, 의심은 사라진 게 아니라 오히려 커졌다.

놀랍게도 의사는 그날의 만찬 이후 그를 다시는 보지 못했다. 한 번은 그를 만나려고 청했지만 바쁘다는 대답을 들었을 뿐이다. 또 한번은 그에 대해 물었다가 프리츠 폰 슈바베가 그의 이름이 아니라는 대답을 들었다. 그러던 어느 날 그가 다른 곳으로 전출을 갔다는 사실을 우연히 알게 되었다. 그 이후로 의사는 그의 얘기를 더는 듣지 못했다.

죄수가 고개를 숙인 걸 보니 이야기를 끝낸 모양이었다. 그런데 잠시 후 그가 덧붙이기를, 아마 상대 진영에서도 이 만찬을 단죄했을 것이라고 했다.

뭐라고요? 판사들이 거의 한목소리로 물었다.

그 만찬을 그들…… 독일군들도 단죄했을지 모른다고요.

아.

죄수에게 덧붙일 말이 전혀 없다는 확신이 들 때까지 침묵이 이어졌다.

판사들은 잠시 저들끼리 속닥였다.

처음으로 다시 말을 꺼낸 건 샤코 메지니였다.

내 질문의 요지는 딱 한 마디요. 왜지요?…… 달리 표현해보자면, 그자가 이 고장에 처음 발을 들여놓는 부대를 이끌고 세상 끝에서 찾아와서는 갑자기 이름을 바꿔서 존재하지도 않는 사람 행세를 할 생각을 했다니…… 이런 질문을 안 할 수가 없군요.

도대체 무슨 뜻이오? 왜지요?

죄수는 모른다는 뜻으로 어깨를 으쓱했다.

판사의 목소리가 점점 더 크게 울렸다. 그의 머릿속에 무슨 생각이 들었길래? 왜 그런 상황에서…… 그런 위험한 상황에서 동창 이야기를 지어내고…… 저녁식사를 하러 올 생각을 했을까요…… 그가 꾸민 연극이오? 아니면 양측이 꾸민 연극이오? 말을 해보시오! 이게 다 뭐였소?

난 모릅니다. 죄수가 대답했다. 그가 연출한 것일 수는 있겠지만 난 아닙니다.

구라메토, 말 돌리지 마시오! 그건 연출이 아니었소. 뭔가 심각한 일이었소. 아주 심각한 일 말이오. 말하시오!

난 모릅니다.

당신들이 서로 만나게 되리라는 건 둘 다 알고 있었잖소. 두 사람이 합의했잖소. 관습과 가면과 가명에 대해 말이오. 말하시오!

못합니다.

이 글씨를 알아보겠소? 이 이름은?

독일인 판사가 막 끼어들어 그에게 짧은 편지를 내밀었다. 마지막에 이렇게 적힌 편지였다. 예루살렘, 1949년 2월, 야코엘 박사.

누군지 압니다. 죄수가 대답했다. 내 친구였습니다. 이 도시의 약사였다가 1946년에 이스라엘로 떠난 유대인이죠.

그리고?

그날밤 석방된 인질 가운데 한 사람이었습니다.

하, 하…… 철십자훈장을 단 나치 대령이 알바니아에서 맨 처음 체포한 유대인을 석방했다? 왜지요? 슈프리히(말하시오)!

죄수가 어깨를 으쓱했다.

헤어 구라메토, 내가 중세 동굴에서 욕이나 들으려고 비행기를 타고 2000킬로미터를 날아온 줄 압니까. 질문을 다시 하지요. 왜입니까?

내가 요구했기 때문입니다.

아. 그자에게 왜 그걸 요구했지요? 왜 그자가 당신 말을 들어준 거요? 슈프리히!

왜냐하면 우린…… 그의 말대로라면…… 동창이었으니까요.

동창, 그것 말고는 없소? 슈프리히!

무슨 대답을 해야 할지 모르겠습니다.

헤어 구라메토, 요하네스가 뭔지는 압니까?

아뇨. 처음 듣습니다.

내가 설명하지요…… 이때 샤코 메지니가 끼어들었다. 그건 오래된 유대인 조직이에요. 유대인들이 지구 전역을 장악하게 하려고 작업하는 살인자들의 분파지요.

난 처음 듣는 얘깁니다.

그자들이 계획한 범죄가 어떤 것인지 아시오? 모든 범죄 중 가장 비열한 범죄이지. 전 세계의 공산당 지도자들을 모조리 암살하려 한 거요. 스탈린부터 시작해서.

난 처음 듣는……

그만! 내 말 자르지 마시오. 말하시오! 슈프리히!……

그건……

그만!

내가 말하게 내버려두질 않는군요.

말하시오!

판사들의 질문이 겹쳐졌다.

불가사의한 점이 있다는 건 나도 인정합니다. 그렇지만 당신들은 밝혀낼 수 있잖아요. 당신들에겐 방법이 있다고요. 그 사람의 진짜 이름을 알고 있잖습니까…… 이미 죽은 사람 행세를 한 자의 이름 말입니다. 지금도 알고 계신지도 모르죠……

그만! 당신은 대답하라고 거기 있는 거지 질문하라고 있는 게 아니오. 말하시오! 슈프리히!

더는 할말이 없습니다.

말 안 하고는 못 배길 거요! 우리에겐 방법이 있소.

그들의 눈길이 옛날 고문 기구가 놓인 구석으로 향했고 죄수

잘못된 만찬 171

의 눈길도 뒤따랐다. 낚싯바늘, 칼, 눈알을 뽑기 위한 집게, 고환을 짓이기는 데 쓰이는 노루발. 여러 증언에 따르면 테펠레나의 알리 파샤가 벽에 만들어둔 틈새로 특히 즐겨 지켜보던 것이 이 마지막 형벌이었다.

판사들은 다시 무언가를 속닥였다.

구라메토 박사, 우리를 지치게 만들려고 해봤자 소용없소. 자신의 우두머리 지위를 더는 감추지 않고 샤코 메지니가 말했다. 우리는 결국 합의가 이루어지길 바라오. 보다시피 우리는 더없이 음산한 사건을 추적하고 있소. 국가가 우리에게 맡긴 일이지요. 물론 국가를 수호하기 위한 일이오. 우리는 당신이 이 국가에 적대적이지 않았으면 하오. 당신은 오래전부터 국가를 위해 일하고 있잖소. 우리처럼 당신도 국가가 몰락하기를 바라지는 않잖소. 맞지요? 말하시오!

의사는 똑같은 몸짓을 반복했다.

문제는 간단하오. 우리가 수사중인 사건에 뭔가 이해할 수 없는 점이 남아 있소. 그 사건이 진행되는 내내 남아 있던 수수께끼지요. 우린 알고 싶소. 그 수수께끼가 뭘 감추고 있는 거요? 명령은 어디서 온 거요? 당신들은 어떻게 합의를 한 거요? 신호가, 비밀 암호가 뭐였소? 당신들이 세계적인 음모에 가담하고 있었다는 걸 내가 상기시켜야만 하겠소? 어쩌면 자각 못하고 있었는지는 모르지만 말이오. 말하시오!

묶인 남자가 고개를 들었다. 그는 마치 연습이라도 하듯 목소리를 내기 전에 입술을 여러 차례 우물거렸다.

당신은 지금 말한 음모에 독일 대령이 가담했다고 의심하는 겁니까? 그리고 나도 당연히 그렇다고?

왜 아니겠소? 말하시오!

내 대답은 이겁니다. 난 거기 가담하지 않았어요. 그에 대해서는 모르겠습니다.

당신이 만찬에 초대한 손님이…… 죽은 사람이라고 잠깐이라도 생각해봤소?

이 질문은 이날 저녁 심문에 처음으로 개입한 판사의 입에서 나왔다.

죄수가 눈을 깜박였다.

이미 말했듯이 그 사람이 아닐지도 모른다고 의심했습니다. 그가 죽은 사람일지도 모른다는 생각도 떠올린 적 있어요. 그건 여느 할머니들이 얘기하던, 이 도시에 잘 알려진 전설이었으니까요. 좋든 싫든 그 생각을 할 수밖에 없었죠.

아하. 말하시오!

그런 의심이 들었던 건 입증할 수 있습니다. 살아 있는 증인이 있어요.

그건 우리도 알고 있소. 판사가 말을 끊었다. 맹인 베힙 아니오. 우리는 모든 걸 알고 있소.

당신들이 나를 체포한 순간부터 그런가보다 했습니다.

계속하시오! 말하시오!

구라메토는 바로시가와 고등학교가 마주치는 네거리의 창백한 가로등 아래에서 맹인과 나눈 대화를 이야기하기 시작했다.

이야기를 하는 동안 그는 그들이 그 노인에게 했을 심문을 생각했다. 그들의 질문을, 맹인의 대답을 생각했다. 당신은 솔직하지가 않군, 노인 양반. 뭔가를 알고 있으면서 우리에게 말해주지 않으려 하니 말이오. 난 모르겠소이다. 어쩌면 기억을 못하는 건지도. 너무 오래된 대화라. 왜 그걸 지금 캐내려는 게요? 그건 우리 문제요. 얘기하시오! 구라메토가 죽은 사람을 만찬에 초대했다는 생각은 어떻게 하게 된 거요? 말하시오! 뭐라 대답해야 할지 모르겠소이다. 그냥 그런 생각이 든 거지. 그렇지만 당신은 눈이 없잖소. 당신은 산 자도 죽은 자도 전혀 본 적이 없지 않소. 어떻게 죽은 자를 알아보았다는 거요? 말하시오! 난 모르겠소이다. 두 눈 버젓이 뜬 우리가 모르는 걸 당신은 알았잖소. 당신은 보이는 눈이 하나도 없는데 말이오. 어떻게 알았던 거요? 모르겠소이다. 아무것도 못 보면서 어떻게 안 거요? 어째서요? 모르겠소이다. 어쩌면 앞을 못 보기 때문인지도. 뭐라고? 말하시오! 그저 내가 앞을 못 보기 때문이라고요.

구라메토는 몸을 떨었다. 자신이 그들의 조서 일부를 반복해 말하고 있다는 확신이 들었다. 그들도 자신이 맹인과 나눈 대화의 일부를 반복했을 게 틀림없었다.

사실, 자신이 받고 있는 첫 심문은 그가 구 년 전에 네거리의 창백한 가로등 아래에서 맹인에게 했던 것이었다.

맙소사, 정말이지 똑같았다! 거의 한 마디 한 마디가.

죄수는 손을 이마로 가져갔다. 그는 힘없는 목소리로 냉정을 되찾아야 한다고 말했다.

그가 의심을 품었던 건 분명했다. 특히 저녁식사 동안에. 이따금은 상대에게 그 의심을 말하려고도 한 것 같았다. 친구, 둘도 없는 친구, 너 혹시 죽은 건 아니야? 그러면 아마 상대는 이렇게 대답했을 것이다. 대체 무슨 생각을 했길래 그러지? 그야 물론 죽었지.

죄수는 뭐가 됐든 아무것도 감추려는 게 아니라고 다시 단언했다. 하지만 이야기 자체가 수수께끼를 품은 채 그를 피해 달아나는 것이다.

이상하게도 그들은 그의 말을 자르지 않았다.

그가 시청 광장에서 장갑차에 기대선 친구를 본 순간부터 상반된 생각이 그의 머릿속에서 충돌했다. 그일까, 아닐까? 그건 그 친구이면서 아니기도 했다. 그 사람은 대학 동창을 닮았으면서도 달랐다. 그는 자기도 모르게 사람들이 예수가 무덤에서 나오는 걸 목격하던 순간을 떠올렸다. 그 사람의 몸은 예수의 몸을 닮았으면서 동시에 완전히 달랐다. 성서에는 이렇게 기록되어 있었다. 소마 프뉴마티콘, 성령으로 만들어진 몸. 영혼으로 이루어진 육신.

판사들의 표정을 보고, 구라메토는 예수를 떠올린 일이 그들에게 짜증과 두려움을 불러일으켰다는 걸 깨달았다. 그런 이유로 그들이 그의 말을 자르지 않았던 것이다.

모든 게 이런 식이었습니다. 마치 둘로 분열된 것 같았어요. 죄수가 말을 이었다. 점차 그는 대령을 죽은 사람으로 여겼는데, 얼마 후엔 상대가 있는 그대로의 모습을 드러낼 태세였다. 말하자면 상대가 사이사이 가면을 벗었다 썼다 하는 것이 어쩌면 그에게 보내는 하나의 신호였는지도 모르는데, 구라메토 그는 그걸 해석할 줄 몰랐던 것이다.

신호라…… 샤코 메지니가 최면 상태에 빠진 듯 웅얼거렸다.

판사들이 눈길을 주고받았다. 음모자가 그에게 신호를 보냈다는 걸 죄수가 처음으로 인정한 것이다.

새벽 세시가 넘은 시각이었다. 구라메토의 목소리에는 지친 기색이 역력했다. 그는 여전히 말하지 않으려 애쓰고 있었다. 아마도 죽은 사람이 그 세계의 법과 신호를 가져왔던 것이라고. 그 때문에 온갖 혼란과 오해가 생겨난 것이라고.

마침내 죄수는 더는 말하기 힘든 상태라고 중얼거렸다. 이튿 날 더 얘기하도록 애써보겠다고.

판사들은 낮은 소리로 밀담을 주고받은 뒤 그의 휴식 요청을 받아들였다.

*

두번째 소형 비행기가 바로 그 주에 도시의 비행장에 내렸다. 십 년간의 무관심 끝에 이렇게 잦은 방문에도 사람들은 놀라지 않았다. 첫번째 착륙 때는 활주로에서 겨우 잡초만 제거했다. 조명을 복구하는 건 생각조차 할 수 없었다. 사람들이 햇불을 들고 2월의 차가운 바람을 맞으며 몇 시간 동안 비행기가 도착하기를 기다렸다.

이번에는 천만다행으로 비행기가 오후에 착륙했다. 여느 때처럼 테펠레나 계곡에서 불어오는 세찬 바람에 마지막 순간 비행기가 박살날 뻔했다.

전대미문의 일이 무언가 일어나고 있는 게 분명해졌다. 그렇지만 샤니샤 동굴에서 이루어지고 있는 심리와 연결짓는 사람은 매우 드물었다.

이번에 비행기에서 내린 사람은 러시아 판사였다. 깡마르고 주름 많은 독일 판사와는 반대로 그의 외관은 실망스러웠다. 그는 살이 쪘고 거의 대머리였으며, 무엇보다 느긋한 아버지의 걸음걸이였다.

활주로로 그를 마중나간 샤코 메지니와 아리안 치우는 실망감을 감추지 못했다. 그러나 활주로에서 수수한 비행장 건물로 몇 걸음을 걷는 동안, 그리고 자동차로 시내까지 이동하는 동안 간단히 말을 주고받는 것만으로도 생각을 바꾸기에는 충분했다.

그의 겉모습에서 짐작되는 것과는 반대로 그가 중요한 인물인 건 분명했다. 그들은 러시아어로 자유롭게 이야기했고, 호텔에 도착하기도 전에 두 사람 모두 그가 크렘린에서 직항으로 날아왔다는 걸 알게 되었다.

대화는 호텔의 외진 곳에서 계속되었다. 러시아 판사는 매우 빨리 사태를 파악했다. 꼭 수년 전부터 이 사건을 맡아온 사람 같았다. 그는 자신이 도우러 왔으며 모스크바에서 큰 소송들을 경험했다는 걸 감추지 않았다. 그 소송들에 대해서는 아직 알려진 바가 없었다.

두 알바니아 판사는 심리가 어디까지 진행되었는지 말했고, 독일 판사에게서 도움받은 부분, 두 의사가 털어놓았으면 하는 점들, 그들이 의혹을 품고 있는 다른 점들에 대해 말했다.

러시아 판사는 놀랄 만큼 명확하게 지시했다. 첫번째 심리에서 그는 죄수들의 진정성을 시험할 터였다. 특히 대구라메토의 진정성을. 모든 게 그것에 달려 있었기 때문이다. 그는 특히 몇 가지 질문에 매우 자세한 대답을 요구할 참이었다. 이방인 손님과 어떤 밀담을 나누었는가? 어떤 이유로 독일군 대령과 거의 동등한 입장에서 그토록 자신만만한 태도를 보였는가? 그가 배짱 좋게 했던 어떤 응수들, 특히 유대인 야코엘에 관한 배짱은 어디서 났는가?

두 판사는 그의 말에 중간중간 조심스레 끼어들며 놀라움을 표했다. 지금까지는 유대인들의 거대한 음모를 겨냥한 심리를 진행하고 있다고 믿었는데 이제 그들에게 요구된 건 전혀 다른 것이었기 때문이다.

그들이 말을 채 끝내기도 전에 러시아 판사의 눈이 숯불처럼 이글거렸다. 그들의 목표가 무엇인지는 그도 알지만, 모든 것이 바로 그 목표 안에 있었다. 그것은 단지 마지막 단계를 위한 준비일 뿐이었다. 그가 처음에 말했듯이 죄수들의 선의를 떠보기 위한, 그리고 그들이 모든 걸 알고 있다는 걸 죄수들에게 넌지시 알리기 위한 단계였다.

그들이 상상했던 대로, 모든 질문 가운데 밀담에 관한 질문이야말로 가장 결정적이었다. 수감자로서는 모든 걸 가정할 수 있지만 어떤 경우에도 다른 누군가가 밀담의 내용을 안다고 가정할 수는 없는 법. 따라서 그걸 폭로하면 수감자는 겁에 질릴 것이다.

알바니아 판사들은 말문이 막혔다.

전혀 놀라실 것 없습니다. 러시아인이 말했다. 그냥 하는 소리가 아니니까. 속임수가 아니라고요. 어쩌면 우리는 저자가 기억하는 것보다 더 자세히 알고 있으니까요.

판사들은 아무 말도 못한 채 감탄을 감추지 못하고 그를 응시했다.

이를테면 그에게 이 말을 해주는 겁니다. "프리츠, 난 알바니아가 아니야. 네가 독일이 아니듯이. 우리는 다른 거지⋯⋯"

샤코 메지니가 말했다. 죄송하지만 그렇다면 프리츠 폰 슈바베가 아직 살아 있다는 의미가 되는 게 아닌지⋯⋯

아니죠. 러시아인이 잘라 말했다. 그는 죽었습니다. 꼼꼼한 독일 친구들이 알려주었죠.

인형의 눈처럼 오팔 빛깔을 띤 러시아인의 파리한 눈에선 장난기가 가시지 않았다. 불가사의한 대령은 분명히 죽었지만, 당장은 두 판사가 그에 대해 더 많은 걸 꼭 알 필요는 없었다. 때로는 그렇게 해서 얻을 게 없다는 걸 경험이 입증해주었다. 따라서 당장은 밀담에만 초점을 맞추어야 한다. 밀담이 모든 것의 열쇠였다…… 만약 의사가 진실을 말한다면 잘된 일이다. 그렇지 않은 경우라면 딱한 일이 될 것이다. 우리가 그 내용을 알고 있다는 걸 알면 그는 무너질 것이다.

이번 단계의 심문이 결정적일 터였다. 죄수는 말하겠다고 약속했다. 그도 벽에 난 틈새로 지켜볼 것이다. 테펠레나의 알리 파샤가 여러 밤 동안 누이의 강간범들의 형벌을 지켜본 바로 그 틈새로.

세상에, 이것까지 안단 말입니까? 아리안 치우가 중얼거렸다.

뭐라고요? 러시아인이 물었다. 그러나 그들의 눈빛에 감탄의 기색이 역력해, 러시아인의 파리한 인형 눈에 다시 웃음기가 반짝이기 시작했다.

11장

같은 날 밤 자정, 대구라메토가 이번에는 홀로 샤니샤 동굴로 들어섰다. 소구라메토 없이 그를 심문하는 건 처음이었다. 어쨌든 보통 때 그의 오른팔과 소구라메토의 왼팔을 함께 묶고 있던 수갑을 빼주는 걸 잊었기에 그의 동작이 어색했다. 동료의 부재에 그가 빈자리를 느끼는 것 같았다.

말하겠다고 약속했지요. 샤코 메지니가 엄숙한 목소리로 말했다.

죄수가 고개를 끄덕였다.

이날 밤의 심문은 진력나게 길었다. 여느 때와 달리 판사들은 그의 말을 자르지 않았다. 판사들에게는 불쑥불쑥 끼어드는 것이 제물을 불안하게 만드는 최고의 수단인가보다 하고 그는 생각했었다. 그런데 개입하지 않는 것 역시 그만큼 당혹스럽다는 걸 깨달았다. 그를 더 기진맥진하게 만들려고 그들이 일부러 개입하지 않는거라는 생각마저 들었다.

그는 독일군들과 나눈 밀담에 대해 알고 있던 것을 잠시 상술했다. 그 얘기는 독일군의 침략 이전으로 거슬러올라갔다. 친독일 세력은 다른 세력들보다 훨씬 강력했다. 소위 민족주의 엘리트 중의 엘리트라고 불리는 사람들은 독일 문화를 교육받았다. 그중엔 유명한 프라셜리니 가문의 메디와 미트하트 프라셰리, 제메링 알프스 철도를 건설한 건축가 카를 게가, 가장 위대한 알바니아 언어학자 에크렘 차베이, 가장 사랑받는 시인 라스구시 포라데치, 완벽한 도덕적 인물인 안톤 하라피 신부, 당시 인기를 얻던 학자인 레프 노시, 코소보의 유명 정치가 레제프 미트로비차, 그 외에도 수십여 명이 있었다.

유명한 외과의사인 당신은 그 엘리트 집단에서 어떤 자리를 차지하고 있었소? 구라메토는 이 질문을 기다렸지만 받지 못하자 스스로 대답했다. 그는 그 일원 중 몇몇을 만난 적은 있지만 자신이 그 집단에 속하지는 않는다고 생각했다. 더군다나 자신이 차베이나 포라데치처럼 대독 협력자로 규정될 수도 없다고 생각했다. 독일에서 유학한 사람들 대부분이 그렇듯이 그는 독일에 어떤 끌림을, 어떤 향수를 느꼈음을 감추지 않았다…… 하지만 그것과 나치즘을 혼동하는 건 부당한 일이다. 그건 그저 일종의 독일 애호일 뿐이었다…… 그땐 아주 당연해 보이는 일이기도 했다…… 그 시절엔 많은 것들을 요즘의 관점으로 보지 못했다…… 그는 외과의사다…… 하루에 열 건의 수술을 하는 경우도 있었다…… 다른 걸 할 여유가 없었다…… 자정에 집으로 돌아가기 때문에…… 흰 가운을 벗을 시간조차 없었다……

그들은 결국 그의 말을 자르고는 질문이 침략 전의 밀담에 관해 묻는 것이었음을 상기시켰다.

물론 그는 밀담 얘기를 들은 바 있다. 그에 관해 꽤 아는 것도 있었다. 독일군들은 알바니아에 눌러앉을 채비를 하고 있었다. 그래서 그들은 알바니아의 친독일 세력과 함께 사전에 몇 가지 문제에 대해 논의했다. 그들에겐 공통된 토대가 있었다. 독일군들이 이곳에 점령군이 아니라 해방군으로 온다는 것. 바로 이 토대가 몇 가지 태도를 결정했다. 학살을 피하고, 이 나라의 관습을, 특히 명예와 베사, 여성들과 관계된 관습을 존중할 것. 이런 사실들을, 그리고 유사한 차원의 다른 사실들도 그는 알고 있었다.

판사 하나가 그의 말을 잘랐다. 이런 정보에 힘입어 인질 석방을 요구할 용기가 난 거라고 말하려는 거요?

그렇습니다. 죄수가 대답했다. 그는 독일군들이 그들의 첫번째 학살인 보로바 학살을 잊게 하려고 애쓰고 있었기 때문에 두번째 학살은 일어나지 않으리라고 거의 확신했다.

그렇다면 유대인 야코엘의 석방은요? 그를 석방해달라 요구할 배짱은 어디서 나온 거요?

판사들의 눈길과 죄수의 눈길이 한순간 부딪쳤다. 유대인 야코엘의 경우는 관습 존중과 관련된 것이었습니다. 내가 알기로 그 일은 협상의 민감한 사안 가운데 하나였습니다. 장차 알바니아 지도자가 될 사람들이 유대인 문제에 특히 중점을 두었기 때문이죠.

지금 협력자들에게 월계관을 씌워주려는 거요? 판사들이 한목소리로 그의 말을 잘랐다.

누구에게도 월계관을 씌우려는 게 아닙니다. 공산주의자들도 이 원칙에는 반대하지 않은 걸로 압니다.

나중에 우리는 협력자들을 총살했소. 당신도 잘 알잖소. 안톤 하라피 신부, 레프 노시……

압니다. 그렇지만 유대인 때문은 아니었죠.

계속하시오. 판사가 말했다.

그러니까 야코엘 문제는 우리 관습과 관계된 것이었습니다. 더구나 프리츠 폰 슈바베는 두카지니 법을 아주 잘 알고 있었습니다. 함께 여러 번 그 얘기를 나눴죠. 알바니아 유대인들은 그 시절에 피란처를 찾으려고 그곳으로 몰려든 다른 사람들과 마찬가지로 토착민들, 다시 말해 최하층민들의 베사를 따랐습니다.

샤코 메지니가 자기 앞에 놓인 기록을 뒤적였다.

만찬 때 식탁에서는 많은 이야기가 오갔다. 그들은 모든 걸 알고 있었다. 그런데도 메지니는 그중 한 가지에 관해 의사의 의견을 듣고 싶었다. 자정경에 죽은 자, 또는 가짜 프리츠 폰 슈바베가 당신에게 이렇게 말했지요. 이 음악이 다르게 들릴 거야. 이말은 어떤 의미였소?

죄수의 이마가 찌푸려졌다. 그는 그 문장을 기억하고 있었다. 대령이 지었던 미소까지도. 하지만 그 의미는 결코 알지 못했다.

그렇다면 밀담은요? 샤코 메지니가 말했다. 있을 수 없는 일 같겠지만 우린 밀담 내용도 알고 있소…… 그는 의사의 오른쪽 귀 쪽으로 몸을 기울이더니 속삭였다. 난 알바니아가 아니야, 프리츠, 네가 독일이 아니듯이…… 우리는 다른 거지…… 이 말 기억하시오?

그런 것 같기도 합니다.

우리는 다른 거지…… 매우 이상한 고백이라고 생각지 않소?

흠…… 구라메토가 내뱉었다. 일부는 기억이 나는데 나머지는 기억나지 않습니다. 그건 중요할 것 없는 사소한 얘기였습니다. 우리가 사귀었던 여자들에 관한 얘기. 게다가 꼭 정확하지도 않은 얘기들이었어요…… 그런데 그 친구가 내게 얘기한 꿈 하나는 이상하게도 정확했습니다. 더구나 내가 의심을 품고 있었을 때인데 그 꿈 때문에 이 친구가 프리츠 폰 슈바베가 맞다고 믿게 되었죠.

아, 정말이오?

그건 내가 그 친구에게만 들려준 내 꿈 얘기였습니다. 사실 별 의미 없는 꿈이었죠. 말하자면 악몽이었는데, 내가 당구대 위에 누워 어떤 의사가 집도하는 수술을 받는데, 그 의사가 바로 나였습니다.

아.

샤코 메지니가 다시 그의 귀 쪽으로 다가섰다. 예전에 우리가 선술집에서 이 얘기를 나눈 적이 있었지…… 혹시 네가 예전의 네가 아니라면 모르겠지만…… 이 말 기억하시오, 박사?

죄수는 고개를 저었다.

선술집에서는 무슨 얘기를 주고받았소? 판사가 이어서 물었다. 둘 중 한 사람이 무엇 때문에 상대를 책망한 거요?

구라메토는 똑같이 부인하는 몸짓을 했다.

어떤 사람이 상대에게…… 네가 옛날의 네가 아니라면 모르겠지만…… 하고 말한다면, 나 같으면 그걸 상대가 책무를, 협정을 지키지 않아서 비난하는 것으로 해석할 거요.

죄수는 기억나지 않는다고 말했다. 아마 옛날 관습에 관한 문제였겠죠?

판사들은 호의를 보이지도, 화를 내지도 않고 몇 가지 질문을 더 던졌다. 그곳에서 대령은 때로는 자기 이름으로, 때로는 죽은 자의 이름으로 불렸소. 죽은 자는 이 점이나 다른 점에 대해 뭐라고 했소? 당신은 왜 그 죽은 자와 대등하다고 느낀 거요?

이 질문을 가지고 판사들은 시간을 훨씬 오래 끌었다. 당신은 시골 의사에 불과하고 그자는 기갑연대 지휘관인데다 승리까지 거둔 참이었소. 무엇 때문에 그렇게 대등하다는 의식을 갖게 된 거요?

죄수가 어깨를 으쓱했다.

모르겠습니다. 어쩌면 대학 시절의 추억 때문인지도 모르죠.

그것만으로는 충분치 않소. 설명을 제대로 못하는군. 누가 누구의 명령을 받은 거요? 샤코 메지니가 단언했다.

무슨 소린지 모르겠습니다.

배짱에 대해 말하는 거요. 어디서 그런 배짱이 생긴 거요?

그들은 미처 깨닫지 못했지만, 심문은 제자리에서 맴돌고 있었다.

인질 석방을 요구할 배짱이 어디서 난 거냔 말이오?

모르겠습니다…… 어쩌면 저녁식사를 하다보니 생겼는지도요.

죄수의 말이 느려졌다. 그래요. 그 사람들이 앞서 한 말 때문에, 특히 저녁식사 때문일 겁니다. 저녁 초대가 그 당시에는 그에게 아주 자연스러운 일처럼 보였다. 나중에는 얼토당토않은 일 같았지만 그 순간엔 그랬다.

내가 뭘 한 거지? 집으로 돌아오자마자 그는 말했다. 그의 아내와 딸도 똑같은 소리를 했다. 그 만찬을 정당화할 필요가 있었다. 그러지 않았다간 배신자로 낙인찍혀 동족들에게 총살당할 터이기 때문이었다. 만찬을 정당화할 유일한 방법은 인질을 석방하는 것이었다.

판사들이 전처럼 거대한 음모…… 요하네스…… 따위의 말로 그를 더는 괴롭히지 않는 것이 그에겐 이상하게 느껴졌다. 그러다 그 어느 때보다 지친 와중에 불쑥 의혹이 솟았다. 저들이 어떻게 이 많은 사실을 알고 있는 거지?

어떻게? 어디서 안 걸까? 그는 거듭 속으로 되뇌었다.

형벌과 강간과 울부짖음 사이로 머리가 헝클어진 아내와 딸의 모습이 섬광처럼 그의 뇌리를 스쳤다. 말하시오! 슈프리히!

아냐. 동굴 때문에 이런 두려움이 생겨난 걸 거야. 그는 생각했다. 아내나 딸은 모르는 일이었다. 그렇다면 누가?

프리츠…… 그는 생각했다. 살아 있는 프리츠가 나처럼 구속되어 있는 거야. 심문도 받고.

판사들이 여전히 그를 탐색하는 동안 그는 생각을 바로잡으려고 고개를 내저었다.

아니면 다른 누군가……

틀림없어. 그날의 만찬이 처음부터 끝까지 긴밀히 감시당하고 있었던 거야.

둘 다 양 진영에서 동시에 의심을 받았던 거야.

그는 공허한 눈길로 뭔가를 읽어내려는 듯 판사들의 눈을 뚫어 져라 응시했다. 그러나 그들의 눈 또한 공허하긴 마찬가지였다.

*

브라보! 대단하십니다!

판사들은 매료된 얼굴로 러시아 동료의 말에 귀를 기울였다.

그들은 공판 직후 임시 사무실로 꾸민 옆방에 모여 있었다.

우린 모든 걸 알고 있소…… 하, 하, 하! 러시아인은 이 말을 알바니아어로 조음하려고 애쓰며 폭소를 터뜨렸다. 여러분이 훌 륭하게 해냈습니다. 사실대로 말해보시죠. 여러분도 프리츠 폰 슈바베가 산 채로 우리에게 잡혀 모든 걸 자세히 얘기한 줄 알았 지요?

그들은 사실을 알고는 있었지만 그런 의심이 들기도 했다고 털어놓고는 다시 웃었다.

그럼 확실히 말씀드리죠. 아닙니다! 독일 판사의 말은 사실입니다. 그가 5월 11일에 우크라이나 야전병원에서 죽었다는 이야기 말입니다. 그렇다면 그 죽은 자는 누구였을까요?

그는 밀크커피를 한 잔 더 청하고는 살찐 손으로 자기 앞에 놓인 서류철을 펼쳤다.

커피를 마시면서 그는 서류철에서 사진 묶음을 꺼냈다.

바로 이자가 죽은 자입니다. 그가 사진 하나를 꺼내며 말했다. 클라우스 헴프 대령, 철십자훈장 수훈자죠. 여기도 또 있군요. 아니, 여기 두 대령이 다 있군요. 진짜 죽은 자와 그의 그림자. 1943년 5월, 서부 우크라이나 야전병원에서 머리에 붕대를 감은 모습입니다. 마지막으로 아마 여러분도 아실 만한 그 장소에 있는 클라우스 헴프의 사진입니다.

그들은 경악에 찬 비명을 내질렀다. 선글라스를 끼고 장갑차에 기댄 채 클라우스 헴프 대령이 지로카스트라 시청 광장에 서서 카메라를 향해 웃고 있었다.

뒷배경에서 체르치즈 동상과 렘지 카다레의 집을 알아볼 수 있었다.

믿을 수 없군요! 그들은 거의 한목소리로 외쳤다.

이제 잘 들으세요. 러시아인이 말했다.

그는 사건을 치밀하게 재구성하려고 애썼다. 1943년 5월 독일 야전병원. 부상당한 두 대령의 우연한 만남. 프리츠 폰 슈바베는 중상을 입어 가망이 없었다. 또 한 사람, 클라우스 헴프는 경상을 입었다. 후자는 병원에서 나가면 곧장 장군으로 승진해 새 전선으로 발령이 나기를 기다리고 있다. 다른 한 사람은 죽음만을 기다리고 있다.

군병원에서 죽음을 앞두고 맺어진 전형적인 우정. 감정 토로, 몸의 쇠약이 불러일으킨 향수, 상대에게 전달되는 마지막 소원. 우연히도 두 대령에겐 공통점이 있었다. 발칸반도였다. 클라우스 헴프는 퇴원 후 그곳으로 가게 될 것이다. 프리츠 폰 슈바베가 거기 살고 있는 절친한 동창 때문에 꿈꿔온 곳이었다. 두 사람 모두 당시 인기 작가인 카를 마이어를 읽었다. 이 작가의 소설들은 무엇보다 발칸 지역의 풍습을, 특히 알바니아의 풍습을 예찬했다. 손님맞이 법인 베사, 두카지니 법 카눈. 구라메토 역시 이것들을 자주 얘기했다.

십중팔구 프리츠는 지로카스트라의 친구에게 약속한 것과는 달리 알바니아건 다른 어디건 더는 아무데도 가지 못할 형편이다. 그는 상대에게 자기 소원을 들어달라고 청한다. 가는 길에 그곳에 들르게 되면 친구를 찾아 작별인사를 전해달라고. 그는 주소를 말해준다. 구라메토 박사, 바로시가 22, 지로카스트라.

클라우스는 그러겠다고 약속한다. 그때가 1943년 5월 11일이다. 프리츠는 그의 품에 안기다시피 한 채로 죽는다.

넉 달 뒤, 클라우스가 우연히 알바니아로 침공하는 장갑차 부대를 지휘하게 되지 않았더라면 그 약속을 결국 잊고 말았을 것이다. 도시 이름을 듣고 그는 자신의 맹세를 떠올렸다. 그는 수첩에서 주소를 찾았다. 이렇게 해서 사람들이 알고 있는 일이 벌어진 것이다. 구라메토와 만났고, 갑자기 친구 행세를 해야겠다는 생각이 들었고, 식사 초대가 있었고, 만찬이 있었던 것이다.

꼭 연재소설 같죠? 러시아 판사가 말했다. 맞습니다. 심지어 지어낸 농담 같기도 하죠. 여러분이 심문하면서 뭐라고 외쳤을지 나도 잘 압니다. 대체 이게 무슨 농담입니까? 뭘 감추고 있는 거요? 말하시오!

그들은 긍정의 표시로 고개를 끄덕였다.

그런데 이건 전혀 농담이 아닙니다. 구라메토 박사는 거짓말을 하는 게 아니에요. 정말 그렇게 일이 벌어진 겁니다. 이건 추측도 아니고 지어낸 얘기도 아닙니다. 우리가 가진 서류들이 그걸 입증하고 있지요.

러시아 판사는 사진 다음으로 서류철에서 복사된 자료들을 꺼냈다. 클라우스 헴프의 메모였다. 그의 일기장에서 발췌한 것이었다.

러시아인은 그 서류에 짧은 설명을 덧붙였다. 만찬의 일화가 여러분에게는 모호해 보이죠? 전혀 그렇지 않습니다. 이건 그 자리에서 얘기된 내용입니다. 이튿날 아침, 완벽하다 할 만큼 정확하게 기록된 것이죠.

그는 그들에게 타이핑된 종이 넉 장을 건넸다.

유령이라도 보는 것처럼 아연실색하시는군요? 각 장의 상단 표제를 살펴보시죠.

그들은 유령을 보는 것보다 훨씬 더 떨었다. 종이 상단에 '게슈타포'라는 말이 적혀 있었다.

그날 저녁 대령과 동행한 사람들 가운데 한 사람이 게슈타포였으리라고 한 번이라도 생각해보셨습니까? 자, 이것이 그자의 메모입니다. 게슈타포 문서실에서 우리가 수집한 겁니다.

우리는 모든 걸 알고 있다니까요, 하, 하, 하!

이렇게들 말씀하시겠죠. 그 영웅적인 대령이 감시를 받았단 말인가? 대답은 이렇습니다. 물론이죠. 그런 시기엔 누구나 모든 일에서 의심을 받죠. 누가 용의자가 되는 게 아니라 모두가 용의자인 겁니다.

우리는 모든 걸 알고 있다. 이제 이 말이 이해되십니까?

그런데 말입니다. 지금까지는 내가 여러분을 이렇게 즐겁게 해드렸지만 이제는 여러분을 괴롭혀야겠습니다. 우리가 모든 걸 알지 못하는 경우가 있는데, 이 경우가 그중 하나입니다.

그는 커피를 마저 마셨다.

우리는 중대한 뭔가를 모르고 있습니다. 클라우스 헴프 대령이 왜 시청 광장에서 구라메토에게 학교 동창의 메시지를 가져왔다고 말하지 않고 자신이 프리츠 폰 슈바베라고 말했는지, 그 이유를 알지 못합니다.

그는 잠시 두 사람을 뚫어져라 응시했다.

느닷없이 든 생각일까요? 물론 그럴 겁니다. 그의 개인 자료를 보면 때로는 엉뚱하고, 때로는 정말이지 상식을 벗어난 성격이라는 언급이 있으니까요.

그건 대개 열정적인 사람들, 영웅들 특유의 특징이죠. 그렇다고 해서 이 해괴한 생각의 근원에 대해 우리가 모든 걸 알 수는 없는 노릇이죠. 수수께끼는 그대로 남아 있고, 만찬에는 한 가지 불가사의한 점이 감춰져 있습니다.

그걸 어떻게 밝히죠? 어떤 방법으로?

그는 세 잔째 커피를 청했고, 침묵을 틈타 이렇게 말했다.

지금은 모두 땅속에 있습니다.

알바니아 판사들은 입을 다물지 못한 채 귀를 기울였다.

진실을 품은 채 땅속에 있죠. 러시아 판사가 덧붙여 말했다.

어떻게 진실을 드러내느냐를 생각하기 전에 먼저 이 질문에 대답해야 합니다. 과연 그럴 필요가 있는가?

구라메토 박사는 이 나라에 대한 독일군의 전략과 밀약에 대해 상세히 얘기했습니다. 그 시절에는 중요한 사실이었죠. 이제는 흘러간 시절의 얘기일 뿐입니다. 알바니아는 공산주의국가가 되었습니다. 그 이야기는 이제 끝난 얘기예요. 거듭 말하지만 그럼에도 불구하고 이 만찬에는 불가사의한 점이 있습니다. 독일군 대령이 마치 다른 세상에서 온 것처럼 나타난 순간부터 이 만찬은 더없이 캄캄한 어둠 속에 빠져든 겁니다.

　　· ·

　어둠은 수사관들을 겁에 질리게 하죠. 우린 아닙니다. 오히려 반대죠. 어둠 한가운데, 그 무無 속에 우리는 또하나의 수수께끼를 심을 겁니다. 그들의 수수께끼도 그들의 진실도 우린 관심이 없습니다. 그 자리에 우리는 우리의 수수께끼를 심을 겁니다.

　　· ·

　이제 내 말을 잘 들으세요.

*

2월 27일 밤은 숨막힐 듯했다. 샤코 메지니는 몇 번이나 잠을 청했지만 헛수고였다. 고요한 번개가 잠을 방해한다는 얘기를 그는 들은 적이 있었다. 그는 두세 번 창가로 다가가, 감옥 위에서 지그재그를 그리는 번개를 바라보았다. 참으로 오랜만에 보는 광경이었다. 꼭 가짜 같군. 그는 생각했다. 생각 장치가 고장이 났는지 그의 의지와 무관하게 작동했다. 피뢰의 전선이 망가져 벼락이 감옥 깊숙이, 샤니샤 동굴까지 침투했다. 구라메토는 재로 변했다.

그는 의자에 던져둔 겨울 외투를 황급히 집어들었다. 자정이 가까웠다. 그는 조용히 계단을 내려가 거리로 나섰다.

심리국의 지프차가 길 위쪽에서 대기하고 있었다. 차 안에는 아리안 치우가 앉아 있었다. 두 사람은 낮은 소리로 인사를 나누었다. 희한한 밤이군요! 아리안 치우가 말했다. 자동차는 힘겹게 길을 올라갔다. 구라메토 씨, 우리는 당신 사건을 오랫동안 검토했습니다.

뭐라고요? 흐릿한 목소리로 아리안 치우가 물었다.

아무것도 아닙니다. 내가 혼잣말을 했습니까?

그런 것 같은데요.

구라메토 박사, 샤코 메지니가 속으로 한숨 쉬듯 말했다. 이 심리를 마치면서 우리가 판단하건대, 당신은 진솔한 사람이며 이상주의자요. 우리도 당신과 마찬가지고요. 똑같이 이상주의자지만 다른 이상을 바라보고 있죠. 다행히 당신과 우리는 한 가지 지점에서 만납니다. 바로 국가요. 당신은 당신이 한 행동으로 국가에 봉사한다고 믿는 거요. 우리도 우리가 그렇다고 믿고 있고. 모두가 옳을 수는 없소. 당신이 옳든지 아니면 우리가 옳은 거지. 구라메토 박사, 그러니 누가 옳은지 밝혀봅시다……

자동차 안의 진동이 달라진 걸로 보아 큰 건물 안에 들어선 모양이었다. 높은 아치 아래에 너무 드문드문 달린 전등이 힘겹게 불을 밝히고 있었다. 샤코 메지니의 머릿속은 그의 의지와 달리 서른 시간 동안 되뇌었던 생각들로 뒤죽박죽 뒤엉켜 있었다.

우리는 가장 빠른 길을 선택할 수도 있었소. 단번에 당신에게 형을 선고할 수 있었지. 점령군에 부역한 죄를 물어서. 국민이 점령군에 맞서 피를 흘리는 동안 당신은 그들에게 샴페인과 음악을 곁들인 만찬을 제공했소. 그런 행위는 어디서건 처형당하기 마련이오. 프랑스나 영국에서조차 그렇소.

우리는 더 멀리 갈 수도 있었소. 결국 만찬 얘기로 돌아오겠지만. 그 만찬이 무엇이었을까? 배반의 향연이었을까요? 독일 점령의 승리를 표명하는 향연? 그것만으로도 이미 견디기 힘든 사건이오. 그런데 더 나쁜 것일 수도 있는 거요. 만찬으로 위장한 가증스러운 행위 말이오. 독일군들은 그런 행위만으로도 단죄했을 거요. 모든 비열한 짓을 뛰어넘는 비열한 짓거리이고. 우리 모두를 당혹스럽게 만드는 일이니 말이오.

보초들이 내뱉은 정지! 소리가 들렸고, 감옥의 바깥문이 삐거덕거리는 소리가 났다. 석유램프를 든 한 군인이 판사들의 얼굴을 비추었다. 잠시 후 지프차는 인적 없는 안뜰로 들어섰다.

어디까지 말했더라? 당신에 대한 단죄 얘기를 하던 중이었군요. 수백 명의 사람들이 당신의 만찬에 곁들여진 음악소리를 들었소. 당신에게 유죄판결을 내리는 건 더없이 자연스러운 일일 거요. 당신 딸과 부인의 경우도 마찬가지일 테고. 그러면 이 이야기는 끝이 나겠지요. 강가 처형장에서 말이오…… 하지만 우리는 다른 것을 생각해두었다오. 우리는 당신의 이상주의적 성향을 신뢰해요. 그래서 당신이 국가를 위해 무언가를 할 수 있으리라고 판단했소. 그저께 저녁, 당신이 친독일 엘리트에 대해 얘기했잖소. 메디 프라셰리, 안톤 하라피 신부, 에크렘 차베이, 라스구시 포라데치, 무스타파 크루야, 그리고 내가 틀린 게 아니라면 에르네스트 콜리키까지. 이들은 잘못된 선택을 이미 했거나 아니면 할 준비가 되어 있었지만 당신도 말했듯이 이들의 목적은 이상주의에 바탕을 둔 것이었소. 그들 중 누구는 잘못된 제단에 자신의 명성을, 누구는 프란치스코수도회 사제복과 명예를, 누구는 재능을 바쳤던 거요…… 대구라메토 박사, 우리가 당신에게 바라는 건 단지 이것뿐이오. 그들처럼 하라는 거요.

자동차가 멈춰 서는 바람에 모두의 몸이 흔들렸다.

안쪽 문이 바깥문보다 더 심하게 삐걱거렸다. 판사들은 긴 궁륭 아래로 말없이 경비를 따라갔다. 구라메토는 짚 깔개 위에 웅크리고 앉아 있었다. 그들은 그가 탁자에 앉도록 돕고는 그에게 밀크커피를 따라주었다.

고맙습니다. 죄수가 독일어로 말했다.

그가 정신을 차리기까지는 잠시 시간이 걸렸다.

샤코 메지니도 냉정을 되찾기가 힘들었다. 그는 머리가 납처럼 무겁게 느껴졌다. 그는 외운 독백을 내뱉듯이 마지막 서른 시간 동안 곱씹었던 것들을 술술 읊었다. 그들처럼 하라는 거요!라는 말에 이르렀을 때 갑자기 그의 머릿속에서 무언가가 고장난 듯했다.

이해 못할 충격을 받은 죄수의 눈은 한층 더 멍해 보였다.

빌어먹을! 판사가 혼잣말을 했다. 딱히 무얼 찾는지 알지 못한 채 그가 서류철을 뒤적였다. 그의 눈길이 독일어로 된 짧은 편지에 멈췄다.

이걸 보고 뭐라 하겠소? 그가 편지를 건네면서 웅얼거렸다.

수감자는 떨리는 손으로 그걸 받아들었다.

내 유대인 친구가 쓴 편지입니다. 두번째로 이 질문을 하는군요.

샤코 메지니는 벌써 수도 없이 편지의 번역문을 읽었다. "친애하는 친구, 자넨 어떻게 지내고 있는가? 예루살렘에 도착한 뒤로 자네 소식을 통 들을 수가 없군. 잘 지내나? 나 때문에 문제는 없는가? 부탁이니 편지를 써주게. 자네의 친구, 야코엘."

빌어먹을. 샤코 메지니가 또다시 혼잣말을 했다. 이 편지와 내가 하려는 말이 무슨 상관이지? 이렇게 막막한 건 처음이야. 이 무뢰한 같은 의사 양반이 날 죽일 참이군. 그가 속으로 투덜거렸다.

그들처럼 하라는 거요. 생각의 거침돌이 되는 이 말을 그는 거듭 되뇌었다. 그리고 손바닥으로 이마를 괴고 잠시 그대로 있었다.

아, 그래! 하마터면 그는 이렇게 외칠 뻔했다. 그의 생각이 마침내 제 길을 되찾은 것이다. 문제는 만찬이다. 물론이다. 그것이 모든 것의 출발점이었으니까. 수수께끼도 거기에 있었다.

누구도 수수께끼의 핵심에 이를 수 없었다. 그 어둠은 완벽한 검정보다 더 짙었다.

공산주의 전 진영의 수사관들도, 그 시절의 나치들도 핵심에 이르지 못했다. 클라우스 헴프 대령도, 구라메토 자신도.

수수께끼가 모든 것 위에 우뚝 서 있었다. 그 뿌리는 깊이, 아주 깊이 박혀 있었다. 정치 체제들이 무너지고, 정부들이 전복되어도 이런 유의 불가사의의 핵심은 살아남았다. 요하네스도 마찬가지였다. 가담자들도 그 뿌리를 다 알지 못했다. 그 규모조차 알지 못했다. 살인은 그 집단의 사회적 이유에 속했다. 그렇다면 히틀러는? 이번이 그의 차례일지도 모른다는 사실도 배제할 수 없다. 이제는 당신도 아니까 이 말을 이해할 수 있겠죠.

조국을 위해 뭔가를 하시오.

공산당의 모든 비밀경찰이 요하네스를 쫓고 있었다. 스탈린이 기다리고 있었다! 구라메토 박사는 이것이 의미하는 바를 이해했을까? 스탈린이 몸소 기다리고 있었다……

구라메토 박사가 조국에 이 선물을 하기를.

조만간 요하네스의 정체가 드러날 것이다. 그 특권이 알바니아의 것이 되었으면 한다. 알바니아가 그 정체를 밝혀냈으면 한다. 그래서 알바니아가 공산당 진영에서 총애받는 나라가 되고, 스탈린으로부터도 총애받는 나라가 되었으면 한다.

샤코 메지니는 더는 견딜 수 없는 지경이었다. 죄수의 얼굴에서는 이해한 티가 전혀 나지 않았다. 판사들은 돌아가며 평온을 되찾으려고 애썼다. 그들은 냉정하고 정확한 말로 구라메토에게 그들이 그에게서 기대하는 바를 설명했다. 아주 단순한 일, 동의였다고. 달리 말해 서명을 해달라는 거였다. 그가 요하네스의 일원이라고 자백하라고. 마찬가지로 그의 옛 동창 프리츠 폰 슈바베도 물론 그 일원이었다고. 또다른 대령 클라우스 헴프도 그렇다고 자백하라고. 그리고 소구라메토 박사는 그사이 이미 서명했다고 그들은 말했다……

그렇게 놀란 눈 할 것 없소…… 그 유명한 만찬 동안 당신이 직접 그렇게 말했잖소. 난 알바니아가 아니야, 프리츠. 네가 독일이 아니듯이…… 우리는 다른 거지……

당신들은 요하네스의 일원이었던 거요. 유대인, 독일인, 알바니아인, 헝가리인…… 당신들은 곳곳에서 회합을 가졌소. 알바니아에서의 만남도 그중 하나였을 뿐이고.

판사들이 조급하게 서로의 말을 잘랐다.

당신들은 죽음처럼 곳곳에서 창궐했던 거요.

시온주의자 단체 요하네스는 존재했다…… 맨눈에는 보이지 않지만 그 존재를 모두가 짐작했고 감지했다. 구라메토만이 그걸 해낼 능력이 있다. 포착할 수 없는 것을 포착해내는 것. 그 만찬에 대한 설명을 내놓는 것. 그 집단이 확장시키려 했던 것으로 여겨지는 어두운 무無에 그 설명을 갖다붙이는 것. 그리하여 그들을 이 동굴에서 마침내 벗어나게 해주는 것…… 그러니 말하시오, 악……

판사들이 악마라는 말을 막 내뱉으려는 순간, 수갑 찬 남자가 고개를 저은 것 같았다. 아니면 그 말을 뱉은 직후였든지. 그들로서는 그 당시에도 나중에도 그것을 정확히 떠올릴 수가 없었다. 그저 이 외침만 기억이 났다. "다 끝났소!" 이 말을 내뱉은 뒤 샤코 메지니는 쓰러지지 않으려고 동료를 붙들었다.

새벽 세시, 그들은 죄수를 고문하라고 명령했다.

*

고문은 이른아침까지 계속되었다. 동굴 구석에서 사람들이 그림자처럼 오고갔다. 구라메토의 신음소리에 뒤섞여 고문 집행인들의 고함소리가 들려왔다. 우두머리의 이름을 대! 우두머리의 가명이 뭐야! 말해! 네 가명은! 암호를 대! 말해!

어슴푸레한 빛 속에서 지팡이가 바닥을 더듬는 소리가 들렸다. 이유는 모르지만, 보아하니 그들이 맹인 베힙을 그곳으로 데려왔다가 다시 데려가는 모양이었다.

고함소리는 짧고 단조로웠다. 스탈린 다음엔 누구야? 장소는? 네가? 언제? 독으로? 활동 범위는? 말해!

어디선가 민요가 침울하게 올라왔다. 샤코 메지니는 그의 약혼녀가 그를 버리고 떠난 날 오후를 문득 떠올렸다. 그날에도 이런 노래가 멀리서 들려왔다. 그러나 가사는 확실하게 생각나지 않았다. 대략 이런 가사였다.

넌 내게 작별을 고했지

그러나 내 비수에는 고하지 못했어……

12장

그는 샤니샤의 꿈을 꾼 게 처음이 아니라는 느낌이 들었다. 특히 그에게 그녀는 냉정하고 멸시하는 듯한 태도였다. 마지막에 그녀는 경멸을 집어삼키고 그를 향해 순백의 얼굴을 돌리며 이렇게 말했다. 당신이 나를 수사하는 겁니까?

샤코 메지니는 어깨를 으쓱했다. 그것이 그가 할 수 있는 최선의 행동이었다. 어떤 의미로는 용서를 구하는 마음(내가 뭘 어쩌겠습니까? 의무 때문에……)과 막연한 이의를 담은 대답이었다. 당신의 동굴에서 진행되는 심리라고 해서 꼭 당신을 상대로 하는 건 아니오.

그녀가 그를 많이 원망하는 것 같지는 않았다. 그렇다고 고마워하는 것 같지도 않았다. 대개의 경우 강간 피해자는 심정을 토

로하려고 든다. 아, 판사님, 제가 어떤 일을 겪었는지 판사님께
서 아신다면. 그런데 그녀는 과묵한 태도를 보였다.

주위가 꽤 소란스러워 말이 명확히 들리지 않았다. 반쯤 열린
문 너머로 샹들리에가 오고가는 사람들을 비추었다. 스탈린의
이름이 들렸지만 무슨 일인지 묻는 건 부적절해 보일 것 같았다.
잠시 후, 자명한 사실이 불쑥 드러났다. 스탈린 동지가 크렘린에
서 만찬을 준비했었다는 것이다. 신문기자들이 그에게 이 소식
을 전했다. 스탈린 동지가…… 이 기회에…… 모든 공산주의자
들에게 알릴 것이다…… 인민이……

샤니샤가 다시 초대 손님들 사이에 나타났다. 나는 아무래도
좋아요. 그녀가 샤코 메지니에게 말했다. 그렇지만 분명히 제 오
빠는 좋아하지 않을 거예요. 어떤 오빠도 여동생의 강간 사건에
대해 수사하는 걸 좋아하진 않을 겁니다. 판사가 어깨를 으쓱했
다. 그는 스탈린 동지의 집에서 있을 만찬에 그녀가 초대장을 받
았는지 묻고 싶었다…… 인민의 아버지, 스탈린 동지께서……
그때 그녀가 말했다. 어쩌면 이젠 당신도 제 오빠, 테펠레나의
알리 파샤를 두려워하지 않을지도 모르겠군요…… 제가 살았던
시절에는 모두가 오빠 앞에서 벌벌 떨었지만요……

그것은 아무리 기를 써도 깨어나기 힘든 꿈 가운데 하나였다.
샤코 메지니는 깨어나려고 애썼지만 그 꿈이 끈질기게 버티는

것처럼 보였다. 그가 다시 눈을 떴을 때도 스탈린 동지…… 스탈린 동지…… 위대한 지도자…… 따위의 말이 여전히 들렸다. 그는 침대에서 풀쩍 뛰어내려 창가로 달려갔고, 창문을 활짝 열기도 전에 재앙을 알아차렸다. 그 말들은 성채 위쪽에 매달린 거대한 스피커에서 나오고 있었다. 그 소리를 명확히 듣지 않고도 큰 불행이 닥쳤다는 걸 알 수 있었다. 소식이 저 스피커로 방송되었으니 다른 경우일 리가 없었다. 스탈린 동지께서 고통받고 계시는 이 힘든 시간에……

적어도 사망한 건 아닌 모양이군. 그는 생각했다.

심리국을 향해 달리다시피 가면서 그는 그분이 삶에서 죽음으로 건너간 것은 아니라고 믿었다. 다른 지점에서 들려오는 말은 훨씬 명확했다. 진료기록을 통해 환자의 소식이 전해졌다. 호흡 기능 부전…… 정지……

그는 순식간에 심리국 뜰을 가로질렀다. 아리안 치우가 납빛 얼굴로 전화를 걸고 있었다.

모두 통화중이에요. 그가 잘못이라도 저지른 듯한 눈길로 말했다. 샤코 메지니는 대답하지 않았다. 숨이 차도록 뛰어오느라 말이 나오지 않았다.

지시가 있었소? 그가 마침내 말을 내뱉었다.

티라나 중앙으로부터 짧은 전화 한 통을 받았습니다. 모두 각자의 업무에 임하라. 이게 명령입니다. 그게 다예요.

각자의 업무라…… 샤코 메지니가 되뇌었다. 물론 그래야겠지요.

그는 아리안 치우의 눈길에서 해독하기 힘든 신호를 본 듯했다.

다른 건 없었소? 그가 물었다.

한 시간 전부터 전부 통화중입니다……

국장은 집무실에 있소?

네. 적들이 벌써부터 기뻐하고 있다. 그분이 말씀하신 건 이게 답니다.

겁나시오? 그가 불쑥 물었다.

아리안 치우는 어떤 태도를 취해야 할지 알지 못했다.

아뇨. 어쩌실 겁니까?

샤코 메지니는 갑자기 알 수 없는 감정의 물결에 휩싸인 느낌이 들었다. 동료의 어깨에 머리를 기대고 싶은 걸 참기 어려웠다. 마음의 동요가 심한 상태에서 그에게 이렇게 말하고 싶었다. 오, 형제여, 내 곁에 있어주게. 우리 둘은 이제 고아가 되었군.

문이 벌컥 열렸다. 국장이었다.

그가 그들을 뚫어져라 쳐다보았다. 마치 그들이 그곳에 있는 것에 놀란 듯했다. 그러더니 황급히 다시 나갔다.

두 사람은 창가 쪽으로 눈길을 돌린 채 말없이 남아 있었다.

그들은 자신들이 같은 방향을 바라보고 있다는 걸 곧 알아차렸다. 군용 비행장 쪽이었다. 판사들이 비행기로 그곳에 내리던 때가 몇 광년이나 된 것처럼 느껴졌다.

정오에 심리국 국장의 집무실에서 짧은 회의가 있었다. 중앙의 지시는 바뀌지 않았다. 모두 각자의 업무에 임하라. 라디오에서는 클래식 음악이 흘러나왔다. 두 명의 타이피스트는 눈물을 글썽였다.

오후 네시경, 샤코 메지니가 더없이 어두운 얼굴로 불쑥 일어섰다.

일어나시오! 그가 아리안 치우에게 외쳤다. 가자고……

어디를요?

어딘지 알잖소.

아무에게도 알리지 않고 두 사람은 감옥으로 가는 길을 비틀거리며 다시 올라갔다. 때로는 포석에 부딪히는 구둣발소리가 귀가 먹먹할 정도로 시끄럽게 느껴져 마치 땅바닥이 포효하며 툴툴거리는 듯했고, 때로는 마치 구름 위를 걷는 것처럼 숨죽인 소리가 났다.

그들은 샤니샤 동굴에서 평소처럼 짚 깔개 위에 누워 있는 구라메토를 발견했다. 그들이 들어가도 그는 꿈쩍하지 않았다. 곧 그들이 그의 이름을 불렀다. 가혹행위의 흔적은 무엇보다 그의 광대뼈에서 드러났다.

이제 만족하나, 응? 샤코 메지니가 그에게 말했다. 스탈린이 고통받고 있다는 소린 들었겠지. 쓰레기 같은 자식, 이제 만족하나?

바삐 걸어온 탓에 그는 숨을 헐떡이느라 말을 잇기 힘들었다.

상대는 숨이 막혀 죽어가고 있는데 넌 기뻐하고 있는 거지, 안 그래?

구라메토의 눈에 비친 희미한 생기를 보고서 판사는 의학적 호기심이야말로 그가 죽은 뒤에도 살아남을 최후의 것이리라고 생각했다. 그는 가쁜 숨을 숨기려고 애썼지만 헐떡임이 잦아들기는커녕 오히려 거세지기만 했다. 죄수 의사는 호흡 부전과 관련된 용어들을 스탈린이 아니라 판사의 상태와 연관지었을지도 몰랐다.

스탈린이 숨을 잘 못 쉰다고, 알아듣겠나? 판사가 소리쳤다. 그분은 질식하고 있는데 넌 그걸 기뻐하고 있지, 안 그런가?

죄수는 반응이 없었다.

판사의 눈길이 감방 모퉁이로 향했다. 그곳에는 옛 고문 기구들이 희미하게 빛나고 있었다. 이유는 전혀 알 수 없지만, 그는 알바니아에 우호적인 한 영국인 수집가가 스털링화로 그것들을 구매해 손에 넣고 싶어했던 사실을 떠올렸다.

아리안 치우의 눈길도 같은 곳에 머무는 것 같아 보였다. 저 기구들을 사용하기에 얼마나 멋진 날인가. 그는 생각했다.

그런데 그 자신도 놀랍게도 그의 입에서 나온 말은 전혀 다른 말이었다.

당신은 의사야, 구라메토. 누군가 더이상 숨을 쉬지 못한다는 소식을 듣고 기뻐할 순 없어, 안 그래? 그는 머리를 죄수 쪽으로 가까이 대고 나지막한 소리로 말을 이었다. 치료해주고 싶지, 안 그래? 말해봐!

그는 상대가 고개를 내저은 듯한 느낌이 들었지만 확신이 들지는 않았다.

구라메토 박사, 그가 달콤한 목소리로 슬며시 말했다. 당신에겐 스탈린을 낫게 할 능력이 있어……

그러더니 더 가까이 다가서서 그의 오른쪽 귀에 대고 중얼거리기 시작했다. 당신의 단 한 마디면, 다시 말해 조서의 하단에 서명하는 것만으로도 충분히 기적을 일으킬 수 있어. 많은 이들이 판단하기를, 유대인들의 음모를 발견하지 못한 슬픔이 이 발작의 원인이었다고 해…… 그러니 앞서 말한 음모를 밝히는 소식이라면 그분을 되살려놓을 수 있을 거야……

스탈린을 구해, 의사 양반! 그가 헐떡이는 목소리로 말했다.

다른 판사는 완전히 어안이 벙벙한 표정으로 그 광경을 지켜보았다.

샤코 메지니는 궁지에 몰렸다고 느끼기 시작했다. 목소리처럼 그의 무릎에서도 기운이 빠졌고, 곧이어 그의 갈비뼈마저 마치 밀랍으로 만들어진 것처럼 물러졌다. 갈비뼈가 더는 그를 지탱하지 못했다. 그는 죄수를 얼싸안고 그와 더불어 흐느끼고 싶은 욕구를 느꼈다.

그는 자신이 죄수에게 굴복하는 중인지 아니면 이미 오래전부터 그랬는지 알지 못했다. 그가 떨리는 손으로 조서를 내밀며 애원했다.

그분을 되살려놓으란 말이야! 멍한 눈으로 그가 말을 이었다. 그리스도의 부활보다 더 필요한 게 스탈린의 부활이야…… 그분을 죽은 자들 가운데서 되살려놓으라고!

그는 이 마지막 말을 외치고 쓰러졌다.

그의 굳어버린 눈길은 죄수의 얼굴에서 떨어지지 않았다.

샤코 메지니는 앞서 그랬던 것처럼 구라메토가 고개를 가로젓는 듯한 느낌을 받았다.

절대 그러지 마! 마치 눈이 부신 것처럼 손으로 이마를 가리며 그가 마음속으로 외쳤다.

*

이튿날, 얼어붙은 심리국 사무실에선 시간이 생기 없이 느릿느릿 흘렀다. 한 사람씩 번갈아가며 멀리 군용 비행장 쪽을 살폈다. 그들은 자신들의 기다림이 헛된 줄 알면서도 고개는 여전히 비행장 쪽을 향했다.

오전의 상황과 달리 전화는 점점 더 드문드문 울렸다. 이곳 사무실만이 아니라 온 국가가 뇌졸중으로 쓰러진 것만 같았다. 이따금 아리안 치우가 다른 사무실로 소식을 들으러 가보았지만 매번 묵묵히 돌아왔다. 지시에는 여전히 변함없었다. 모두 각자의 업무에 임하라.

말이야 쉬웠다. 밤새 쌓인 피로 때문에 샤코 메지니는 도무지 집중할 수가 없었다. 비행장의 황량한 광경은 그에게 그의 마지막 꿈을 이상하리만큼 쓰라리게 상기시켰다. 의식이 있는 상태에서라면 '두 비행기 사이의 삶'이라고 제목을 붙였을 법한 꿈이었다. 그 꿈은 독일 판사가 단추를 채우지 않은 가죽점퍼 차림으로 머플러를 바람에 휘날리며 비행기 트랩에서 내려오는 걸 본 날 움텄다. 바로 그 이미지를 그는 사회주의 진영의 유명한 판사로서 공공의 적을 쫓아 부다페스트며 모스크바며 바르샤바의 공항에 내릴 자신의 모습에 부여하고 싶었다. 그런 종류의 상황을

특징짓는 행복감을 상상하기란 전혀 어렵지 않았다. 그런 상황
엔 이런 노래가 종종 동반되었다.

> 스탈린을 아버지로 둔 우리는
> 방방곡곡에 피를 쏟으리라
> 낫과 망치가 그려진 깃발이
> 이 땅에 펄럭일 때까지……

그후 이 꿈은 꼭 '그분의 호흡'처럼 흐릿해졌다. 아득한 그날
오후에도 그랬다. 그가 골치 아픈 회의를 끝내고 돌아오자 그의
어머니가 넋이 나간 얼굴로 그에게 약혼녀의 편지를 내밀었던
날. 이해하려고 애쓰지 마라. 돌이킬 수 있는 일이 아니잖니.

그건 확실한 사실로 밝혀졌다. 그녀는 돌아오지 않았다. 끝내.
그는 이 결별의 이유를 끝내 알지 못했다. 이따금은 자신이 진실
을 회피했다는 생각이 들기도 했다. 그의 집에서 도망간 여자를
떠올릴 때마다 어머니의 눈 속엔 말없는 의문이 떠올랐다. 더없
이 골치 아픈 수사를 이끄는 저애가 어째서 자기 불행의 원인은
알지 못할까?

구라메토를 체포한 뒤 그 의사의 환자 목록을 낱낱이 살피던
그는 자기 어머니의 이름을 확인했고, 설상가상으로 약혼녀의

이름까지 확인하고는 경악했다. 처음의 아연한 순간이 지나고 나자 그는 날짜를 꼼꼼히 확인했다. 약혼녀의 방문은 그들의 약혼식이 있고 석 달 후였고, 첫 관계를 맺은 지 오 주 뒤였다. 대체 왜? 그는 수십 차례 마음속으로 되물었다. 어떤 이유로? 약혼녀는 왜 이 사실을 혼자 간직했을까?

대구라메토를 처음 심문할 때, 그는 자신도 모르게 의사의 오른손에서 눈을 뗄 수 없었다. 산부인과 검진을 하는 손이었다.

그는 자신의 약혼녀가 숨막힐 듯한 그날 오후에 집을 떠나 알 수 없는 이유로 고개를 떨군 채 병원으로 향하는 모습을 상상했다.

진실을 알기 위해서라면 그가 무엇인들 내놓지 못하겠는가!

일주일 뒤, 그는 규칙을 무시하고 단독으로 죄수와 마주하도록 손을 썼다. 그가 지시를 어긴 건 처음이었지만 죄의식은 느끼지 않았다. 그런 위반은 국가에 아무런 해를 끼치지 않았다.

그는 용의자에게 하는 의례적인 심문이 연상되도록 평온한 목소리로 수감자에게 말했다. 그는 약혼녀의 성과 이름을 말한 뒤, 스물네 살의 젊은 여성이며 병원 기록에 따르면 1951년 2월 17일 오후 네시 반에 검진을 받았다고 덧붙였다.

수감자는 눈을 찌푸리며 기억이 없다고 말했다.

평범한 외모에 중키의 여자였소.

상대는 다시 고개를 저었다.

기억을 좀 해봐요, 의사 양반. 변해버린 자기 목소리에 처음으로 놀라며 샤코 메지니가 말했다. 속수무책이던 몇 주간의 고통이 불현듯 그를 엄습했다. 의사 양반, 제발 부탁이오. 그가 잠긴 목소리로 다시 말했다. 인간적으로 부탁하겠소. 그 여자는 내 약혼녀였소······

죄수는 꿈쩍하지 않았다.

기억이 안 나시오? 물론 안 나겠지. 눈에 띄지 않는 여자였으니까. 아무도 그녀에게 주목하지 않았소. 더없이 평범한 여자였으니까요. 비욜차 스컨둘리나 마리 크로이처럼 아름다운 여인이 아니었소.

샤코 메지니의 목소리가 점점 낮아지면서 한층 차갑고 위협조로 변했다.

그 여자가 왜 당신에게 진찰을 받으러 간 거요? 왜 난 아무것도 알지 못했지? 그녀가 나에 대해 불평을 하던가? 말하시오!

죄수는 여전히 말이 없었다.

적어도 그 여자에게 무슨 문제가 있었는지는 내가 알아야 할 것 아니오! 알아듣겠소? 무슨 문제가 있었던 거요?

난 기억이 나지 않습니다.

아, 정말이오?

그렇지만 행여 기억나더라도 말해드릴 수는 없습니다. 직업상의 비밀이니까요.

괴물 같은 놈! 샤코 메지니가 속으로 외쳤다. 영혼 없는 자식, 독일놈 같으니!

이어지는 심문 내내 그는 수감자의 오른손을 쳐다보지 않으려고 애썼다. 다른 죄수와 함께 수갑을 채운 손이었다.

3월 3일 새벽에 죄수를 고문실로 보내라는 명령을 내린 뒤 그는 고문 집행인 골레 발로마에게 다가갔다. 이봐, 내가 꼭 부탁하고 싶은 게 있는데…… 이 손가락 두 개 있잖나…… 검지하고 요것…… 이걸 뭐라고 부르지?…… 요 두 개는 확실히 처리해줘…… 고문자가 놀란 얼굴로 그를 쳐다보았다. 훨씬 더 고통스러운 다른 부위도 있는데요. 알아, 알아. 그가 대답했다. 그렇지만 난 꼭 요것이었으면 좋겠어. 요것들을 박살내버려…… 염려 마십시오. 지체없이 그리 하겠습니다.

그는 결과를 보고 싶어 안달이 났다. 그 위로가 아주 보잘것없어 보이긴 했지만.

그는 약혼녀가 떠나고 온갖 추측으로 이 년을 보낸 뒤 상처가 아물기 시작하던 바로 그 순간, 의사들에 대한 수사가 그의 상처를 다시 건드리리라고는 상상도 못했다. 서류를 건네받았을 때 그 세계적인 차원에 그는 망연자실했다. 그런데 곧 어떤 고통이 뚫고 나왔다. 이 일이 너무 늦게 그의 손에 들어왔다는 고통이었다. 만약 그에게 조금 더 일찍 떨어졌더라면 약혼녀가 그를 버리지 않았을지도 모를 일이었다. 그 서류엔 그가 오래전부터 기다려온 것이 들어 있었다. 영예의 효모였다.

제르진스키 학교는 그 어느 기관보다도 명예와 예쁜 여자들을 경멸하도록 가르쳤어야 했음에도 오히려 은밀히 그것들을 좋아하는 성향을 부추겼다. 학생들은 밤이면 죄악이 북돋우는 열기를 느끼며 그것들을 꿈꿨다. 모든 걸 아는 우두머리들이 그걸 모를 리 없었건만 이상하게도 진정시키기는커녕 정복할 줄만 안다면 세상은 그들의 것이라고 드러내놓고 가르쳤다. 스탈린의 아들들은 전 세계를 피로 물들일 사람들이었다…… 성당과 사치스러운 남녀들을 무릎 꿇릴 사람들……

그런데 그의 약혼녀는 이런 유의 열정에 전혀 매혹되지 않았다. 그녀의 집에서 저녁식사를 하던 초기에 그가 윗도리를 벗으며 지니고 있던 무기를 슬쩍 보여줘도 아무 소용 없었다. 그녀의 눈길에는 어떤 호기심도 보이지 않았을 뿐 아니라 오히려 무기에 대한 경멸을 확연히 읽을 수 있었다.

그가 유명했더라면 물론 모든 게 달랐을 것이다. 여자들의 관심을 유발하는 것…… 가죽점퍼를 입고 이마에 흉터를 가진 인민의 경찰이 바로 그랬다. 아니면 여자들을 어떻게 다룰지 아는 외과의사들이거나. 그도 대단한 인물이 되었더라면…… 젊은 테펠레나의 알리도 이렇게 말했을 것이다. 내가 고관이었더라면 카르디크의 산적들이 감히 내 여동생을 강간하지는 못했을 텐데. 그래서 이날부터 그는 복수를 하기 위해 오직 고관이 되겠다는 야심을 품었다.

아무 짝에도 쓸모없는 때가 되어서야 샤코 메지니의 인생에 영예의 별이 뜬 것이다. 라디오에서 소식을 들었을 때, 그리고 얼마 후 신문에 크게 실렸을 때 그는 그렇게 느꼈다. 훗날, 독일 판사가 돌풍을 뚫고 비행장 건물을 향해 걸어오는 걸 보면서도 그랬다. 그리고 영예는 점점 더 손에 쥘 듯 구체적으로 변해 갔다. 제르진스키 학교에서 보낸 광적인 저녁 파티 때처럼. 베를린에서 울란바토르에 이르기까지 수십 명의 동창들이 이 가공할 서류를 동시에 조사한 게 분명했다. 그런데 이번에는 다른 누구도 아닌 그에게 행운의 여신이 미소를 지었다. 사회주의 진영에서 가장 유명한 판사가 되려는 꿈이 이렇게 실현 직전까지 이른 적이 없었다. 샤코 메지니, 삼십대, 키 작은 알바니아 판사…… 인터뷰, 선구자들과의 만남, 의회 대표단. 스탈린 동지, 이 사람이 샤코 메지니입니다. 악명 높은 요하네스 조직을 와해시킨 판사입니다. 크렘린의 초대. 그리고 또 안 될 게 뭐 있겠나…… 스탈린과의 독대까지도.

그가 몽상에 잠길 때면 이런 순간은 언제나 그의 뇌가 도취돼 흐릿해진 마지막 순간에 찾아들었다. 그는 명확성을 회피했다. 그것이 일말의 고통조차 야기하지 않는데도 그저 회피했다. 이따금 다른 만찬이 크렘린의 만찬과 경합하려 했다. 어쩌면 그리스도의 만찬인지도 몰랐다. 그가 바로시 구역 사제인 포티 신부의 심리 때 표시까지 해가며 복음서를 읽고서 알게 된 만찬. 그러나 그는 다른 어떤 만찬보다 모든 것의 근원이었던 만찬을 상상했다. 구라메토의 만찬. 그 만찬에서 샤코 메지니는 불가사의한 손님을 체포하는 임무를 맡은 사람의 역할을, 그리고 손님의 역할을, 다시 말해 죽은 전지전능한 자의 역할을 차례로 맡았다……

*

포기하지 마. 그가 혼잣말을 했다. 아직 희망이 있어. 그때가 3월 4일이었다. 스탈린은 아직 살아 있었다. 구라메토는 밤새도록 고문당했다. 고문 집행인들은 그가 곧 서명을 할 거라고 믿었다.

음험한 빛으로 모든 걸 적시며 꿈쩍도 않는 구름 아래 짓눌린 듯한 날이었다. 라디오는 클래식 음악 사이사이로 청취자들의 사연을, 노동자와 군인 집회의 동향을 전했다. 빠른 쾌유를 비는 기원과 적에게 보내는 위협도.

언론에 실린 여러 시詩에서 스탈린의 호흡 기능 부전은 계속

언급되었다. 모두가 숨이 막히는 느낌을 받았다.

구라메토는 다시 고문당했다. 이제 판사들은 어디서도 지시가 올 거라 기대하지 않았다. 오후 늦게 그들은 다시 구라메토의 거주지를 수색했고 이번에는 축음기와 음반들을 가져왔다. 그 가운데에서 그들은 조서에 언급된 것처럼 슈베르트의 〈죽음과 소녀〉를 찾아냈고, 고문하는 동안 그것을 틀었다.

죽은 대령의 예언이 이루어지려면 당신이 이 음악을 다르게 들어야 할 거야. 이 말 기억하나?

샤코 메지니가 신들린 사람처럼 말했다. 다른 판사는 얼빠진 표정으로 듣고만 있었다. 그는 복음에 빠진 동료가 무서웠다.

그들은 두 시간 뒤 구라메토 박사가 예전에 독일에서 가져온 외과 도구들을 가져오기 위해 병원으로 갔다. 모든 도구들에 그의 이름의 머리글자 'G'가 새겨져 있었다. 또다른 예언이 실현되도록 자는 구라메토를 깨워 자기 자신의 수술 도구로 고문받게 하리라는 걸 동료가 굳이 설명해주지 않아도 아리안 치우는 알아차렸다. 의사가 자기 도구를 이용해, 다시 말해 자기 손으로 자기 도구를 다뤄 자신을 수술하던 꿈이 실현되도록……

13장

사망 소식은 정오 직전에 전해졌다. 그는 샤니샤 동굴에서 혹독한 밤을 보낸 뒤 옷을 거의 그대로 입은 채 아직 침대에 누워 있었다. 그때 어머니의 손이 어깨에 느껴졌다. 샤코, 샤코, 어머니가 낮은 목소리로 불렀다. 일어나렴, 사랑하는 아들아…… 이제 끝났단다……

그는 벌떡 일어났고, 마치 광기에 사로잡힌 듯 침대 머리맡에서 권총과 외투를 집어들고 계단을 네 칸씩 건너뛰어 거리로 달려나갔다.

크게 말해! 누구에게 하는 말인지 알지 못한 채 그는 혼잣말을 했다. 그의 걸음이 그를 심리국 쪽으로 이끌었다. 머릿속은 텅비어 있었다. 얼마 후 그는 자신이 스피커를 향해 그렇게 말하고 있다는 걸 깨달았다. 스피커 소리가 충분히 크게 울리지 않았고, 맞은편의 산은 어두워지지 않았다. 가련한 내 신세. 그가 속으로 말했다.

심리국에서 그는 정신을 가다듬었다. 동료들이 모두 와 있었다. 그들은 마치 장례식 때처럼 새로 도착하는 사람마다 끌어안았다. 모두들 눈은 충혈되어 있었고, 말이 없었다. 그는 아리안 치우를 끌어안으며 울음을 참지 못했다.

백 보 떨어진 곳, 당위원회에서도 똑같은 광경이 벌어지고 있었다. 무공훈장을 단 퇴역 군인들이 슬픔으로 빨개진 눈을 하고 문 앞에 빽빽이 모여 있었다. 어디서 왔는지 모를 연락병들이 사무실로 들어갔다가 얼마 후 한층 더 초췌해진 얼굴로 다시 나왔다.

오후 한시, 학교 건물과 운동장에서 아이들의 집단 울음소리가 들려왔다. 이런 말을 하는 사람들이 많았다. 견딜 수가 없어요! 그러곤 집으로 가 틀어박혔다. 오랫동안 와병중이던 또다른 이들은 반대로 침대에서 나오려고 애썼다.

오후가 되자 사람들은 실내나 운동장에 모여 수도에서 장례 집회 소식을 전하는 라디오를 들었다. 진행자는 울먹이는 목소리로 스컨데르베그광장을 묘사했다. 지도층들은 고인의 동상 앞에 무릎을 꿇고 쓰러져 있었다. 모든 알바니아 공산주의자의 이름을 걸고 최고지도자는 열띤 목소리로 고인에게 세상이 끝나는 마지막 날까지 변함없는 충성을 약속했다.

병원으로 향하는 길에는 졸도한 이들을 데려가는 사람들이 눈에 띄었다. 문간에서 완전히 충격을 받은 렘지 카다레가 손으로 응급실 입구를 가리켰다. 그러더니 울음 사이로 무언가 비통한 이야기를 해서 구경꾼들은 방금 덮친 불행에 대해 얘기한다고 여겼는데, 사실은 포커 노름에서 자기 집의 2층을 되찾았을 때 그만두지 않고 느닷없이 다시 노름을 하는 바람에 바로 3층마저 잃게 된 숙명적인 순간에 대한 얘기였다.

다른 거리에서는 머리채를 붙들린 채 심리국으로 끌려가는 불운한 이들의 비명소리가 여기저기 들렸다. 그들이 장례 집회 한복판에서 울거나 한숨을 쉬기는커녕 웃었기 때문이었다. 하지만 그들은 전혀 웃지 않았으며 모두들처럼 슬픔 때문에 기진맥진했노라고, 딸꾹질이 느닷없이 장난처럼 변해버렸다고, 이런 안타까운 경험은 과거에도 있었노라고 큰 소리로 맹세했지만 누구도 그들의 말에 귀기울이지 않았고 매질만 두 배로 쏟아질 뿐이었다.

집회가 끝나자 샤코 메지니는 더이상 서 있을 수 없어 집으로 돌아가겠다고 동료에게 말했다. 급한 일이 있으면 집으로 찾아오라고 했다.

집에 도착한 그는 납처럼 무거운 잠에 빠져들었다. 다시 정신을 차렸을 때는 캄캄한 밤이었다. 그는 한순간 허공에 매달린 느낌이 들었다. 비탄과 두려움의 심연 같은 느낌이었다. 스탈린은 이제 없다. 그렇다…… 더는 아무것도 없다. 다른 무엇이 있을 수 있겠는가?…… 말해!

그는 고개를 저었다. 문득 떠오른 기억은 예기치 않은 것인 만큼 잔인했다. 약혼녀의 하얀 배, 가터벨트 사이로 보이는 거뭇한 부위, 그리고 그곳을 참으로 조금밖에 맛보지 못했다는 쓰라린 후회.

그는 가슴에 지독한 통증을 느꼈다. 숨이 막히도록 가슴에 들어찬 비명이 터져나오는 비명보다 훨씬 더 날카로운 것 같았다. 스탈린은 이제 이 세상에 없었다. 그런데 그것으로는 부족하다는 듯, 구라메토는 여전히 이 세상에 있었다.

이보다 더 극악한 불의는 상상조차 할 수 없었다. 샤코 메지니는 제어할 수 없는 두려움에 사로잡혀 몸을 떨었다. 구라메토와 단둘이 남다니. 이 황량한 세계에 괴물과 머리를 맞대게 되다니. 그의 뇌는 이 생각에 익숙해지지 못했다. 그는 구라메토의 비웃는 듯한 냉소를 상상했다. 당신이 그토록 사랑하는 아빠가 떠났군요. 당신을 거기 남겨둔 채. 당신들 모두를 남겨두고서. 하, 하, 하. 그는 다시 몸을 떨었다.

안 돼. 절대로 안 돼! 그가 혼잣말을 했다.

그는 불안한 걸음으로 집을 나섰다. 거리는 황량했다. 어느 골목길의 가스등 불꽃이 끊임없이 흔들렸지만 꺼지지는 않았다. 심리국 건물은 반쯤 불이 켜져 있었다. 야간 연락병이 마치 동정이라도 구하듯 그를 뚫어져라 쳐다보았다. 사무실에 오니 아리안 치우의 메모가 있었다. 나는 집에 가 있겠습니다. 무슨 일이 있으면 부르세요.

잠시 후, 두 판사의 구둣발소리가 건물을 따라 이어지는 포석을 울렸다. 둘은 말이 없었다. 마치 한 사람에 이어 다른 사람이 번갈아가며 졸음에 빠져드는 것 같았다.

그들에게는 끝이 없는 길처럼 보였다. 마치 짙은 안개 속을 가로지르는 것 같았다. 샤코 메지니는 상대의 신발창에서 불꽃이 튀는 걸 세 번이나 본 듯했다. 어린 시절에 포석 깔린 언덕을 힘겹게 오르던 발에서 본 적이 있는 불꽃이었다.

샤니샤 동굴의 철문이 탄식하는 듯한 삐걱거리는 소리를 냈다. 그들은 떠날 때 모습 그대로 짚 깔개에 쓰러져 있는 구라메토를 발견했다. 샤코 메지니가 구두코로 그의 양 무릎을 쳤다. 일어나! 스탈린이 죽었다고! 희끄무레한 등잔 불빛 아래 죄수의 얼굴은 굳어 있었다. 엉긴 핏자국 때문에 아무렇게나 그린 가면처럼 보였다.

그게 넌 웃기지, 응?

가면은 꼼짝도 하지 않았다. 그 표정은 내키는 대로 해석할 수 있었다. 미소로, 고통으로, 애원으로, 분노로, 위협으로.

(사망 소식을 듣고서 저 자식이 웃었어. 내 눈앞에서. 날 돌게 만드는군.)

판사의 눈길이 그의 얼굴에서 붕대 감긴 손으로 내려갔다. (아냐. 난 증거를 은폐할 생각은 없었어. 저자의 손가락을 자른 건 난 몰랐어.)

그는 아무 말 없이 아리안 치우에게 신호를 했고, 두 사람은 죄수를 끌어내려고 시도했다.

오른손에 달린 수갑이 바닥에 부딪히면서 절그럭거렸다.

다른 녀석은 어디 있지? 샤코 메지니가 물었다.

누구 말입니까?

다른 녀석 있잖소. 소구라메토 박사.

다른 구라메토는 없어요.

샤코 메지니가 걸음을 늦췄다. 그가 이토록 불안한 눈빛을 보인 적은 드물었다.

내 말은…… 꽤 오래전부터 같이 있지 않았단 겁니다…… 알잖습니까……

두 사람의 목소리가 긴 궁륭 아래에서 변형되어 돌아왔다. 어디 있지? 뭐라고? 아마도 옆 감방에 있겠죠.

동굴 책임자가 그들이 있는 곳으로 불려왔다.

꽤 오래전부터 그자는 이쪽 감방에 있었습니다. 이곳에서 젊은 실습생들에게 얻어맞고 있었지요…… 두 분도 저만큼 아시잖아요…… 신참들 말입니다……

감방을 하나하나 지날 때마다 목소리가 달라졌다.

착오로 총살당할 뻔도 했죠. 책임자가 말을 이었다. 아시다시피 최근 상황이 통 혼란스러워서요……

후미진 감방들은 완전히 어둠에 잠겨 있었다. 그중 하나에서 두 개의 광채가 고양이 눈처럼 움직였다.

"저건 누구지?"라는 물음에 동굴 책임자가 당황하며 대답했다. 맹인 베힙입니다. 애들이 장난삼아 저자의 눈구멍에 발광 유리 눈을 붙인 겁니다.

그렇게 할일이 없었나?

조금 떨어진 곳에서 동굴 경비 한 사람이 뭐라고 중얼거렸다. 찾은 것 같은데요. 아리안 치우가 말했다. 보아하니 죽어가고 있는 모양입니다. 책임자가 횃불로 누군가의 얼굴을 비추며 말했다.

그 사람이 아닌 것 같은데. 하지만 상관없어. 이자를 그놈 오른쪽 팔목에 같이 수갑 채워. 샤코 메지니가 말했다.

여기 서명을 해주서야 합니다. 책임자가 그에게 서류를 내밀며 간곡한 목소리로 말했다.

샤코 메지니는 대답하지 않았다. 그는 아직 두 손이 자유롭지 못했다. 구라메토 박사가 먼저 정신을 차렸고, 자기와 다른 사람의 손목에 함께 수갑이 채워져 있는 걸 느꼈다. 그는 무언가를 말하려는 듯했으나 그러지 못했다.

제발 제 목숨을 내팽개치지 말아주세요. 판사님. 책임자가 애원했다.

판사는 경멸조로 그를 쳐다보았다.

스탈린이 죽었어! 무슨 말인지 알겠나? 온 세상이 뒤집혔다고.

압니다. 그렇지만 저처럼 가련한 놈이 뭘 어쩌겠습니까? 규칙은 규칙입니다. 책임자가 죄지은 듯한 목소리로 말했다.

두 사람은 출구 가까이 서 있었다. 밤의 차가운 공기가 느껴졌다.

여깁니다. 책임자가 손가락으로 서류를 가리켰다. 여기, 죄수 이송 동기: 범행 장소로 복귀, 라고 쓰인 곳에 서명하시면 됩니다.

*

대구라메토 박사의 마지막 시간은 몇 년 뒤에야 세밀하게 재구성되었다. 부검 보고서와 두 개의 심리 서류 외에도 아리안 치우, 샤니샤 동굴 책임자, 그리고 운전사의 증언이 그림을 완성했다. 샤코 메지니와 맹인 베힙의 증언은 진술 시점에 그들이 보인 정신착란 때문에 채택할 수 없는 것으로 간주되었다.

모든 자료가 3월 6일 새벽, 더 정확히는 오전 세시 사십분에 두 명의 죄수, 그리고 두 명의 판사와 운전사, 총 다섯 명을 실은 감옥 호송차가 감옥 뜰을 떠나 건물의 폐쇄 통로를 지나고 도시를 벗어나는 길로 접어들었음을 말해주었다.

차량 안에는 오랫동안 침묵이 흘렀고, 수감자들은 살아 있는 기미를 보이지 않았다. 한참 후, 차가운 밤공기에 둘 중 한 사람, 대구라메토가 깨어나 뭔가를 말하려고 했다. 이가 빠져 그의 말은 온전히 알아들을 수가 없었다. 그래서 누구도 주의를 기울이지 않았다. 다른 죄수는 의사 표현을 하지 않았다.

대로에서 호송차가 바실리코이 묘지를 따라갈 때 대구라메토 박사가 다시 깨어났다. 그는 자유로운 한쪽 팔로 처음 깨어났을 때보다 훨씬 집요하게 묘지 벽을 가리키며 뭔가를 요구했다. 그런데 이번에도 누구 한 사람 관심을 기울이지 않았다. 그후 강가에 도착할 때까지 특별한 일은 일어나지 않았다.

훗날 전문가들이 대로를 달리던 이 호송차에서 벌어진 일을 수십 차례 재검토했지만 가장 모호한 부분은 끝내 밝혀내지 못했다. 주의를 끌려고 애쓴 구라메토의 행동 말이다. 모두가 그의 알아들을 수 없는 소리에 대해 증언했지만 누구도 설명을 내놓지는 못했다.

구라메토가 세 차례 시도했던 의사 표현 가운데 전문가들은 첫번째 것만 해석해냈다. 사람들이 소구라메토라고 여긴 자를 그와 같이 수갑을 채워놓은 사실을 의식하고 말하려 했던 것으로 보인다. 아마도 대구라메토 박사가 정신이 든 뒤 말하려고 한 첫번째 사실은 이것이었다. 이 사람은 내 동료가 아닙니다. 또는, 내 동료는 이미 이 세상 사람이 아니에요.

나머지 두 번의 시도에 대해서는 어떤 설명도 찾을 수 없었다. 그 두 번의 시도에서는 죄수의 집요함이 한층 두드러졌다. 묘지를 향해 팔을 흔드는 동작까지 곁들인 거의 격렬한 시도였다. 수수께끼의 열쇠는 그 동작에 있는 것 같았다.

호송차가 강둑에 도착해 '불한당의 징검다리'라는 장소 가까이 멈춰 선 마지막 순간에 대한 증언들은 하나같이 일치했고 설득력이 있었다. 운전사가 자갈밭을 파는 동안 판사들이 죄수들을 내리게 했다. 판사들은 그들을 구덩이 끝까지 끌고 갔다. 그들은 둘 중 하나는 이미 죽었다고 거의 확신하고도 어떤 의혹도 남기지 않으려고 여러 차례 두 사람의 몸을 향해 방아쇠를 당겼다.

*

봄이 끝날 무렵 두 판사에 대한 소송이 있었다. 샤코 메지니에게는 삼 개월 반의 징역형이, 아리안 치우에게는 이 개월 반의 징역형이 내려졌다. 두 사람 모두 권력 남용으로 처벌받은 것이었다. 스탈린의 죽음으로 인한 충격 때문이라는 정상참작, 특히 끔찍한 소식을 알렸을 때 희생자들이 보인 파렴치한 태도가 감형의 결정적인 요인으로 밝혀졌다. 샤코 메지니는 정신착란 때문에 블로라 정신병원에서 형을 치렀고, 아리안 치우는 샤니샤 동굴 인근의 시립 구치소에 수감되었다.

그후 두 사람 모두 심리국으로 복귀했는데, 심리부서가 아니라 관리부서로, 더 정확히 말하자면 세탁물 관리부로 복귀했다.

*

시신은 사십 년 뒤, 공산주의가 몰락한 직후인 1993년 9월에 발굴되었다.

시신은 함께 수갑이 채워진 채 쓰러진 모습 그대로 발견되었다. 처음으로 밝혀진 것은 대구라메토의 손목에 묶인 사람이 소구라메토가 아니라 이름을 끝내 알아내지 못한 낯선 사람이었다는 사실이다. 계속되는 수색에도 소구라메토의 시신은 끝내 찾아내지 못했다. 그뿐 아니라 소구라메토의 흔적은 참으로 드물고 지워져버려 그가 존재했다는 사실조차 의심스러웠다. 심층 조사를 할수록 의혹이 줄어들기는커녕 오히려 커졌다. 심리 조서에도 그에 관해선 단 한 마디도 없었고, 증인들의 이야기에도 없었다. 큰 소리로 말하는 건 꺼렸지만, 소구라메토 박사가 단지 대구라메토의 무의식의 투사라거나 부속물일 뿐이라고 생각하는 사람들도 드물지 않았다. 그 투사를 설명할 수 없는 이유로 그의 주변 사람들도 함께 나누었다고.

*

십오 년 뒤인 2007년 봄, 유럽연합이 알바니아와 옛 공산 진영의 모든 나라에서 공산주의가 범한 범죄들을 단죄하라고 요구했을 때 대구라메토의 기록이 다시 열렸다.

몇 주 동안, 이번에는 알바니아와 유럽의 또다른 전문가들이 그 내용을 공동으로 검토했다. 그들이 근본적으로 상반된 체제의 여러 나라 비밀정보기관이 개입한 수사에 뛰어든 경우는 드물었다. 군주제의 비밀정보기관, 공산주의 체제, 독일 게슈타포, 동독의 비밀경찰 슈타지, 소련 비밀정보기관, 그리고 일시적일

지언정 이스라엘의 비밀정보기관까지 연루되었다. 그뿐 아니라 수사와 관련된 이상한 점들 외에도 맹인 베힙이 늘 불러대던 노래, 판사에게 불려갔던 여자들이 겁에 질려 무덤까지 가져가겠다고 맹세한 비밀을 털어놓은 이야기, 외과의사의 딸과 아내의 이야기들도 사건 기록을 채워주었다. 외과의사의 아내는 혼자만 알았던 사실들을 들려주었다. 한밤중에 종종 남편을 괴롭혔던 악몽, 그가 어렸을 때 밤마다 그의 할머니가 그를 재우면서 들려준 이야기들, 특히 죽은 초대 손님에 관한 이야기, 젊은 시절의 여러 추억, 그리고 하지 말았어야 했던 일들에 대한 두어 가지 후회를 할 때면 그가 한숨을 곁들였다는 이야기를. 아, 그 만찬은…… 이런 말이 이따금 그도 모르게 튀어나오곤 했다고.

엄청난 자료가 모이면서 대구라메토 박사의 기록은 점점 복잡해지는 것처럼 보이면서 동시에 점점 투명해졌다. 안개에 뒤덮인 약간의 시간, 매우 짧은 순간만 제외하고 이야기의 논리적 전개는 명백해 보였다.

그 찰나의 시간은 그의 인생에서 극히 미미한 부분에 불과했다. 오륙 분도 채 안 되는 시간이지만 그 어둠의 밀도는 수년의 세월 전체를 덮기에 충분해 보였다.

1953년 3월 6일 새벽, 더 정확히 말하자면 이날의 오륙 분이 문제였다. 파헤쳐진 대로 위를 달리던 호송차가 묘지 담을 따라가던 시간이었다. 앞서 인용한 조서에 드러나듯이 구라메토가 무언가를 말하려고 한 세 번의 시도 가운데 첫번째 것에 대한 설명만 찾을 수 있었다. 정확히 말해 더 무시무시했던 나머지 두 번의 시도는 여전히 수수께끼로 남았다.

죄수는 1953년 3월 6일의 그 시점에서 무엇을 말하고 싶었던 것일까? 어떤 비밀스러운 동요가 초인적인 힘을 그에게 부여해 수갑마저 끊을 뻔했던 걸까?

엄청난 양의 서류를 열람하면서 수사관들은 이따금 가느다란 빛줄기가 여기저기서 번득인다는 인상을 받았다. 특히 피로로 지친 순간에 그랬다. 그런데 그들이 집중하려고 들면 그 순간적인 빛은 마치 너무 밝은 빛에 겁먹은 양 솟아났던 곳으로 후퇴해 안개 속으로 사라졌다.

시간의 도움으로 그들은 마침내 깨달았다. 곧 드러날 것 같은 설명을 초자연적인 무엇과 결부시키지 않고는 몇몇 심리 서류와 맞아떨어지지 않는다는 사실을 깨달은 것이다. 그런 설명은 아마 늘 이 사람 또는 저 사람으로부터 거부당했을 것이다. 마치 이물질이 거부반응을 일으키듯이. 그것은 어떤 불가사의한 이유 때문이 아니라 그저 아직 심리 절차에 그런 설명을 담을 그릇이 갖춰져 있지 않았기 때문이었다. 어쩌면 그걸 표현할 말 자체가 존재하지 않았는지도 모른다.

그리하여 3월의 그날 새벽에 대구라메토의 인생에서 가장 초월적인 그 순간에 실제로 일어난 일의 그림은 어디서도 재구성되지 못했던 것이다.

그 그림은 이러했다.

1953년 3월 6일. 새벽. 호송차가 감옥 안뜰을 떠나 도시를 벗어났다. 죄수들은 말이 없었다. 어쩌면 의식이 없었는지도 모른다. 신선한 공기가 두 죄수 중 한쪽의 의식을 깨웠다. 대구라메토였다. 자신이 낯선 이와 함께 수갑이 채워져 있다는 사실을 알리려고 알아들을 수 없는 말을 한 뒤 아마도 그는 다시 의식을 잃었던 것 같다. 얼마 후 대로에서 그가 다시 정신을 차렸다. 그때 호송차는 묘지 담벼락을 따라가고 있었다. 멀리서 비쳐오는 불그스름한 새벽빛에 그는 그 유명한 바실리코이 묘지를 알아보았다. 그곳에 수십 차례 간 적이 있었는데, 특히 그가 알았던 환자들의 장례식 때문이었다. 수술 도중이었거나 아니면 다른 식으로 그의 손에서 죽어간 환자들이었다. 그런데 그가 그 묘지에 애착을 갖는 또다른 이유가 있었다. 그를 재우려고 그의 할머니가 죽은 사람을 실수로 만찬에 초대한 이야기를 들려주곤 했는데, 다른 사내아이들이 그랬듯이 그도 그 이야기에서 아버지가 맡긴 초대장을 아무에게나 전한 아들의 역할을 종종 자기 역할로 생각했다.

그가 아는 유일한 묘지가 바실리코이 묘지였기에 그는 이야기에서처럼 그 묘지를 따라 달리는 걸 상상했다. 그는 겁이 났고, 심장이 세차게 고동친다. 그래서 행인이 나타날 때까지 길을 계속 따라가지 않고 묘지 철책 틈으로 팔을 집어넣고 초대장을 놓아버린다. 그는 그곳에서 달아나다가 초대장이 하얗고 네모난 무덤 위에 내려앉는 걸 돌아다본다.

사십 년 뒤, 호송차가 묘지 옆을 지날 때 구라메토는 첫 환각을 보았다. 옛날에 던진 초대장이, 이 모든 것의 근원인 초대장이 아직 그곳에 있는 것처럼 보였다. 엄청난 욕구가 그를 사로잡았다. 무덤으로 가서 초대장을 도로 가져오고 싶은 욕구였다. 죽은 자가 편지를 손에 넣기 전에 시간의 흐름과 운명의 손길을 돌려놓고 싶었던 것이다.

그는 정신이 혼미했지만 그것이 가능하다고 믿었고, 그래서 신음하고 날뛰고 거품을 물며 자유로운 한 손으로 철책을 가리켰던 것이다. 그 너머에 초대장이 여전히 허옇게 바랜 채로 놓여 있었기 때문이다. 그런데 아무도 그에게 주의를 기울이지 않았다.

두번째 환각이 잠시 뒤에 찾아왔다. 이번엔 초대장을 손에 들고 달려가는 여섯 살짜리 구라메토가 아니라, 이미 다 살았고 이제는 죽어서 오래전부터 무덤 속에 누워 있는 구라메토였다. 그런 모습으로 그는 그가 꾸었던 악몽 속의 자신을 보았다. 그의 이름이 새겨진 대리석 비석이 우뚝 서 있었고, 멀지 않은 곳에 철책이 있었다.

철책 창살 사이로 가느다란 손가락에 슬퍼 보이는 반지를 낀 여자의 섬세한 손 하나가 초대장을 놓았다. 초대장은 처량히 날다가 그의 무덤 위에 내려앉았다.

긴 세월이 평화로이 흐른 뒤, 죽은 자는, 다시 말해 구라메토는 마음이 흔들렸다. 그 명령에 따라야 한다는 느낌이 들었다. 다시 일어나서 초대받은 만찬에 가야 한다. 그런데 어디로? 그건 모른다. 그가 알지 못하지만 아는 그 여인의 집? 아니면 바로시가 22? 자기 자신의 만찬, 예전에 그를 파멸시킨 그 만찬에?

그것은 분명 명령이었지만 그는 명령에 따르길 거부했다. 전보다 그는 더 격렬히 거품을 물고 고함치고 족쇄를 부수려고 했다. 겁이 난 판사들이 권총을 빼들 정도였다. 그런데도 그는 멈추지 않았다. 앞서서도 그랬듯이 그는 되돌리고 싶었다. 무덤으로 가서 초대장을 집어들어 그렇게 운명의 흐름을 바꾸고 싶었다. 그러나 불가능했다.

말리 이 로비트(알바니아), 루가노, 파리
2007~2008년 여름~겨울

이스마일 카다레 연보

1936년   1월 28일 알바니아 남부, 지로카스트라에서 태어남.
            초·중등 교육과정을 지로카스트라에서 마친 후 티라
            나대학교에서 언어학과 문학을 공부함.

1956년   교사 자격증 취득.

1958~1960년 모스크바에 있는 고리키 문학연구소에서 공부함.

1960년   알바니아가 소련과 외교 관계를 단절하자 알바니아로
            귀국. 문학잡지 〈드리타*Drita*〉에서 근무하며 작품 활
            동 시작.

1963년   첫 장편소설『죽은 군대의 장군*Gjenerali i ushtrisë së*
            vdekur』발표.

1964년   시집『이 산들은 무슨 생각을 할까*Përse mendohen*
            këto male』발표.

1968년   장편소설『결혼*Dasma*』발표.

1970년   장편소설『성*Kështjella*』발표. 프랑스어판『죽은 군대
            의 장군*Le Général de l'armée morte*』출간. 알바니아
            인민회의 의원으로 선출됨.

1971년	장편소설 『돌의 연대기*Kronikë në gur*』 발표.
1972년	알바니아 노동당 가입.
1973년	프랑스어판 『돌로 된 도시의 연대기*Chronique de la ville de pierre*』 출간.
1975년	장편소설 『어느 수도의 11월*Nëntori i një kryeqyteti*』 발표.
1977년	장편소설 『위대한 겨울*Dimri i madh*』 발표.
1978년	장편소설 『세 개의 아치가 있는 다리*Ura me tri harqe*』 『위대한 파샤*Pashallëqet e mëdha*』 발표. 프랑스어판 『위대한 겨울*Le Grand hiver*』 출간.
1980년	장편소설 『부서진 사월*Prilli i thyer*』 『누가 도룬틴을 데려왔나?*Kush e solli Doruntinën*』 『우울한 해*Viti i mbrapshtë*』 발표.
1981년	장편소설 『꿈의 궁전*Pallatit të ëndrrave*』 발표. 오스만제국의 수도를 배경으로 우화와 알레고리 기법을 통해 전제주의를 비판한 작품으로, 발표 즉시 출간 금지되었다. 장편소설 『H 서류*Dosja H*』 발표. 프랑스어판 『부서진 사월*Avril brisé*』 『세 개의 아치가 있는 다리*Le Pont aux trois arches*』 출간.
1984년	『위대한 파샤』가 프랑스어판 『치욕의 둥지*La Niche de*

이스마일 카다레 연보 243

la bonte』로 제목이 바뀌어 출간됨.

1985년   장편소설 『달빛 Nata me bënë』 발표. 『성』이 프랑스어 판 『비의 북소리 Les Tambours de la pluie』로 제목이 바뀌어 출간됨.

1986년   프랑스어판 『누가 도룬틴을 데려왔나? Qui a ramené Doruntine?』 출간.

1987년   프랑스어판 『우울한 해 L'Année noire』 출간.

1988년   『콘서트 Koncert në fund të dimrit』 발표. 프랑스어판 『콘서트 Le Concert』 출간. 1970년대 중국과 알바니아 의 관계를 다룬 작품으로, 1978~1981년에 집필되었 으나 검열에 걸려 출간 금지되었다. 프랑스 문학잡지 〈리르〉에서 그해 최고의 소설로 선정했다.

1989년   프랑스어판 『H 서류 Le Dossier H』 출간.

1990년   공산주의 독재 체제에 위협을 느껴 프랑스로 망명함. 프랑스어판 『꿈의 궁전 Le Palais des rêves』 출간.

1991년   장편소설 『괴물 Përbindëshi』 발표. 1965년 단편으 로 출간되었으나 검열에 걸려 빛을 보지 못하다가 이후 장편으로 개작해 재출간. 프랑스어판 『괴물 Le Monstre』 출간.

1992년   치노 델 두카 국제상 수상. 장편소설 『피라미드

Piramida』 발표. 프랑스어판『피라미드*La Pyramide*』
출간.

1993년 프랑스 파야르출판사에서 '이스마일 카다레 전집'을
출간하기 시작함(2004년까지 총 12권 출간). 프랑스
어판『달빛*Clair de lune*』출간.

1994년 장편소설『그림자*Hija*』 발표(집필은 1984~1986년).
프랑스어판『그림자*L'Ombre*』출간.

1995년 장편소설『독수리*Shkaba*』, 에세이『알바니아, 발칸반
도의 얼굴*Albanie, Visage des Balkans*』발표.

1996년 프랑스 학사원의 하나인 아카데미 데 시앙스 모랄 에
폴리티크의 평생회원으로 선출됨. 프랑스 레지옹 도뇌
르(오피시에) 훈장 수훈. 산문집『알랭 보스케와의 대
화*Dialog me Alain Bosquet*』, 장편소설『스피리투스
Spiritus』 발표. 프랑스어판『독수리*L'Aigle*』『스피리
투스*Spiritus*』출간.

1997년 에세이『천사의 사촌*Kushëriri i engjëjve*』발표.

1998년 단편집『코소보를 위한 세 편의 애가*Tri këngë zie për
Kosovën*』 발표. 모스크바 유학 시절 발표한 습작품
『선전 없는 도시*La ville sans enseignes*』출간.

1999년 소설집『남쪽으로 날아가는 철새*Ikja e shtërgut*』발표.

2000년   장편소설『사월의 서리꽃*Lulet e ftohta të marsit*』발표.

2002년   장편소설『룰 마즈렉의 삶과 죽음 *Jeta, loja dhe vdekja e Lul Mazrekut*』발표.

2003년   장편소설『아가멤논의 딸*Vajza e Agamemnonit*』(집필은 1985년)과 그 속편 격인『누가 후계자를 죽였는가*Pasardhësi*』발표. 프랑스어판『아가멤논의 딸 *La Fille d'Agamemnon*』『누가 후계자를 죽였는가*Le Successeur*』출간.

2005년   제1회 맨부커 인터내셔널상 수상. 소설집『광기의 풍토*Cështje të marrëzisë*』발표. 프랑스어판『광기의 풍토*Un Climat de folie*』출간.

2006년   에세이『햄릿, 불가능의 왕자*Hamleti, princi i vështire*』발표.

2007년   프랑스어판『햄릿, 불가능의 왕자*Hamlet, ce prince impossible*』출간.

2008년   장편소설『사고*L'Accident*』(프랑스에서 먼저 출간됨),『잘못된 만찬*Darka e gabuar*』발표.

2009년   스페인의 아스투리아스 왕자상(문학부문) 수상. 장편소설『떠나지 못하는 여자*E Penguara*』발표. 프랑스어판『잘못된 만찬*Le Dîner de trop*』출간.

2010년   알바니아에서『사고*Aksidenti*』출간. 프랑스어판『떠
           나지 못하는 여자*L'Entravée*』출간.

2013년   단편집『12월 어느 오후의 빛나는 대화*Bisedë për
           brilantet në pasditen e dhjetorit*』발표.

2014년   장편소설『티라나의 안개*Mjegullat e Tiranës*』출간
           (집필은 1957~1958년). 에세이『카페 로스탕에서의
           아침*Mëngjeset në Kafe Rostand*』발표.

2015년   장편소설『인형*Kukulla*』발표. 프랑스어판『인형*La
           Poupée*』출간.

2016년   프랑스 레지옹 도뇌르(코망되르) 훈장 수훈.

2017년   프랑스어판『카페 로스탕에서의 아침*Matinées au
           Café Rostand*』출간.

2019년   제9회 박경리문학상 수상.

지은이 **이스마일 카다레**

1936년 알바니아 남부 지로카스트라에서 태어났다. 티라나대학교에서 언어학과 문학을 공부했고, 모스크바의 고리키 문학연구소에서 수학했다. 1963년 발표한 첫 장편소설 『죽은 군대의 장군』으로 세계적인 명성을 얻었고, 이후 『꿈의 궁전』『부서진 사월』『H 서류』『아가멤논의 딸』『누가 후계자를 죽였는가』『광기의 풍토』 등 많은 작품을 통해 암울한 조국의 현실을 우화적으로 그려내는 자신만의 독특한 문학세계를 구축했다.

옮긴이 **백선희**

덕성여자대학교 불어불문학과를 졸업하고 프랑스 그르노블 제3대학에서 문학석사와 박사과정을 마쳤다. 『마법사들』『흰 개』『레이디 L』『하늘의 뿌리』『앙테크리스타』『웃음과 망각의 책』『예상 표절』『울지 않기』『랭보의 마지막 날』『프루스트의 독서』『내 삶의 의미』『책의 맛』『알베르 카뮈와 르네 샤르의 편지』『햄릿을 수사한다』『파졸리니의 길』 등을 우리말로 옮겼다.

문학동네 세계문학
잘못된 만찬

초판 인쇄 2019년 10월 14일 | 초판 발행 2019년 10월 22일

지은이 이스마일 카다레 | 옮긴이 백선희 | 펴낸이 염현숙
책임편집 김미혜 | 편집 신선영 이현정
디자인 고은이 이원경 | 저작권 한문숙 김지영
마케팅 정민호 정진아 함유지 김혜연 박지영 김수현
홍보 김희숙 김상만 오혜림 지문희 우상희
제작 강신은 김동욱 임현식 | 제작처 (주)상지사P&B

펴낸곳 (주)문학동네
출판등록 1993년 10월 22일 제406-2003-000045호
주소 10881 경기도 파주시 회동길 210
전자우편 editor@munhak.com | 대표전화 031) 955-8888 | 팩스 031) 955-8855
문의전화 031) 955-8896(마케팅) 031) 955-8860(편집)
문학동네카페 http://cafe.naver.com/mhdn | 트위터 @munhakdongne
북클럽문학동네 http://bookclubmunhak.com

ISBN 978-89-546-5839-3 03860

www.munhak.com

이스마일 카다레
Ismaïl Kadaré

'유머러스한 비극과 기괴한 웃음'을 담은 작품세계로 독특한 문학적 영토를 일궈온 세계문학의 거장. 한 시대의 사건을 이야기하면서 그 속에 전(全) 시대를 아우르는 우리 시대의 위대한 작가이며, 잊힌 땅 알바니아를 역사의 망각에서 끌어낸 '문학대사'이기도 하다. 해마다 유력한 노벨문학상 후보로 거론되고 있다.

죽은 군대의 장군 　이창실 옮김

발칸반도의 '문학 대사' 이스마일 카다레, 그 문학세계의 서막을 연 첫 장편소설. 제2차세계대전이 끝나고 이십여 년 후, 알바니아에 묻힌 자국 군인들의 유해를 찾아 나선 어느 외국인 장군의 시선을 통해 전쟁의 추악함과 부조리성을 폭로하는 이 소설은 알바니아에서 발표된 직후 불가리아, 프랑스, 이탈리아 등 여러 나라에서 번역 출간되며 카다레에게 세계적 명성을 안겨주었다.

〈르몽드〉 선정 20세기 100대 소설

부서진 사월 　유정희 옮김

복수가 복수를 부르는 죽음과 전설의 땅 알바니아, 그 신화의 세계에서 펼쳐지는 비극적이고 환상적인 이야기. 피의 복수를 정당화하는 관습법 '카눈'에 의해 두 가문 사이에서 벌어지는 끝없는 죽음의 대서사시를 그렸다. 영화 〈태양의 저편〉의 원작 소설.

사고 　양영란 옮김

위태로운 사랑과 그 불안을 추적하는 어느 조사원의 치밀한 조서. 단순해 보이면서도 한없이 복잡하고 미묘한 현대의 사랑, 그리고 그 안에 잠재된 불안에 대한 깊은 성찰을 통해, 사망 사고를 둘러싼 미스터리와 두 연인의 에로티시즘을 녹여낸 작품.

광기의 풍토 　이창실 옮김

「광기의 풍토」(2004) 「거만한 여자」(1974) 「술의 나날」(1962) 세 단편을 모은 소설집. 1960년대에서 2000년대에 이르는 폭넓은 작품 발표 시점만큼 이스마일 카다레의 다양한 문학적 면모를 담고 있다. 시대의 권력과 이데올로기에 휩쓸리는 인간 군상이 펼치는 광기의 변주곡!